JN064383

大活字本シリーズ

# 一所懸命

岩井三四二

《下》

埼玉福祉会

# 一所懸命

下

装幀　巖谷純介

目次

# 一所懸命

# 渡れない川

# 一

木曾川(きそがわ)にかかる舟橋の前には、長い行列ができていた。

舟橋は川底に杭を打ち込み、舟を繋ぎとめた上に板を渡したもので、その上を兵たちが一列になって、そろりそろりと歩んでいる。

冬をひかえて木曾川は痩せ細っていたが、それでも幅三十間(けん)（約五十四メートル）はある。その濁った流れが、美濃(みの)へ攻め込もうとする織田与二郎(おだよじろう)の五百余騎の行軍を遅らせているのだ。天文十三年（一五四四年）九月のことだった。

七郎は一向に進まない行列の中にいた。

前後には、自分と同じように二間半（約四・五メートル）の長槍を肩にして、腹巻の上に打飼袋（うちがいぶくろ）や兵糧袋、筵（むしろ）を身につけた軍兵が押し合うようにしてつづいている。

左右は人の背丈ほどもある葦（あし）の茂みである。身動きがとれず、軍律で禁じられているため話し声も聞こえなかった。大勢いても、それぞれの兵は孤立している。

七郎は下を向いたまま、落ち込んで行く気持ちを持てあましていた。

――なんでこんなところにいるのや。こんなところに居たくないぞ。

それが正直な気持ちだった。これから起こるはずの合戦に対する恐れもさることながら、足軽稼ぎをしなければならない自分が情けなく、みじめだった。

七郎は長身だが、肩幅はせまく身体の厚みもなく、腕力もない。そのうえ人と争うのが嫌いである。それなのに軍勢に加わったのにはそれなりのわけがあるのだが、結局のところは自分の中に棲み着いている弱気の虫のせいだと、七郎自身は思っていた。臆病だから人の意見に押され、流されて、ついにこんなところまで来てしまったのだ。

——そうや。もう弱気にはならん。だれがなんと言うても、嫌なものは嫌や。

今さらながらそう決心するのだが、いくら力み返っても、行列の中ではどうにもならない。押されるまま、前に進むしかなかった。

舟橋を渡って、美濃は稗島(ひえじま)というところに着いたときには、太陽はすでに中天に高く輝いていた。

「さあて、ここまでは簡単にきたな。拍子抜けするくらいや」

弥太郎が話し掛けてくる。そうやな、と七郎は答えた。

「これからが大変や。美濃の衆がだまっとるわけないで」

そう聞くと七郎はどきりとする。慣れないせいもあって、どうも腹がすわらない。

本当にこの自分が槍で人を突き刺すのだろうか。

あるいはこの身に槍が突き刺さるのだろうか。

「いい話やないの。美濃に攻め込んで、どこがあかんの」

「おめえは、おそろしいことを言うなあ」

最初に足軽稼ぎの話をもってきたのは、女房のせつだった。この秋に尾張の侍たちが隣国の美濃へ攻めかけることを聞き込んで、そこに足軽として加わったらどうかと持ちかけてきた。うまくすれば、この冬を越すくらいの食べ物や金目のものを、侵略した村から分捕ってこられるだろうというのだ。

せつが言うのも無理はなかった。

この春、麦は長雨で腐って、例年の七分作と散々な出来で、年貢を納めると夏の間の食い代しか残らなかった。それでも稲の出来がよければ、年貢を納めて余った米を売って、その代金で稗や粟を買って食いつなぐこともできるだろう。

だが七郎の持っている一番広い田は大風で稲が倒れ、ひどい出来になることはわかっていた。ほかの田も風や虫の害があって、期待はできない。このままでは、冬に入る前に種籾まで食い尽くすことになる。下人に落ちぶれるどころか、本当に飢死しかねなかった。

そんなありさまだったが、七郎は足軽稼ぎには乗り気ではなかった。

もちろん具足の一領、槍の一筋くらいは持っているし、親の代から槍持ちとして旦那に仕えてはいた。しかし七郎の代になってからは、隣村との水争いや喧嘩騒ぎなどのほかは具足を着けることもなかった。刀や槍を振り回しての戦場稼ぎなど、非力な自分の得手ではないとあきらめているのだ。

とはいえ、やがて来る飢えを逃れるのに妙案はない。だからせつの言うこともわかる。

「攻め込めば合戦になる。合戦とは盗みと殺しのことやで」

つかえながら七郎が言うと、せつがさらりと言った。

「どこでもやってることや」

「そ、そらそうやが」

「やらんとうちらが飢え死ぬ」

こちらが殺されるかもしれないのに、と七郎は思うが、せつに言っても仕方のないことだと思ってだまった。

「ね、旦那さまにお願いしなされ。連れていってくださいと」

七郎はだまっている。

「ね、きっとやよ」

せつはそう言うと七郎の手をにぎり、切なそうな顔をした。

# 二

翌日、七郎は小木曾吉之丞（おぎそきちのじょう）の屋敷に出向いた。

吉之丞は、四十をいくつか越した赤ら顔の大男だった。四町歩ばかりの田を持ち、下人も五人ほど使う大百姓で、犬山城主の織田与二郎に仕える地侍でもあった。親分肌でもあるので、みなに担がれてこのあたりの束ねをしている。

萱葺（かやぶ）きの門をくぐると、広い庭の向こうに太い柱を使った広壮な母屋が建っていた。

七郎はこの構えを見て、いつも気後れするのだった。今回もやめて引き返そうかと思ったが、勇を鼓して、旦那に会わせてくれるよう頼んだ。

「槍を持ったことがあるのか」

庭に土下座して、このたびの美濃出陣に加えてほしい、と願い出た七郎に浴びせられた小木曾吉之丞の声は、厳しかった。

「水争いや入り山相論のときは、必ず駆けつけておりました」

「そりゃ当たり前じゃ。わしが訊いておるのは、合戦に出たことがあるかいうことだわ。こたびの美濃への陣出しは、水争いとはわけがちがうでな」

小木曾旦那は七郎のことなどよく知っているはずなのに、もったいをつけるように言った。七郎はなぶられているような気になった。

そんな七郎の気持ちを知ってか知らずか、旦那は高く大きな鼻をひくつかせてつづけた。

「織田弾正忠どのが」

旦那はその言葉を口にするのが誇らしいかのように、ゆっくりと言う。

「尾張中に頼み勢をかけて、何千何万という軍勢を出すのじゃ。古今未曾有の大戦ゆえ、慣れぬ者は足手まといになる」

そういわれて、七郎はここへきたことを後悔しはじめていた。やはり向かないことに手を出すべきではない。腕力のない自分には無理だとあきらめるべきなのだろうか。

だがせつの言葉を思い出すと、そんなことも言っていられなかった。ここであきらめたら、一家は確実に飢える。草の根をかじり、木の皮を食べるような目には遭いたくない。

「このあたりではだれが出るのでござりまするか」

七郎はきいた。

「蔵六、文左衛門、彦五郎、弥太郎。そんなところだの」

「弥太郎も出るのでござりまするか」

嫌な予感がした。

弥太郎は七郎と同い年で、子供のころから遊び相手であり、喧嘩相手だった。だが体格がよく活発な性格の弥太郎に、七郎はいつもやられてばかりいた。それにあの悪い思い出もある。

「弥太郎が出るなら、わしにも出られるはずじゃ。餓鬼のころからのツレじゃで」

気持ちとは反対のことを七郎は言った。飢えをしのぐためには仕方がない。

「弥太郎は戦さ慣れしておるが……」

旦那は七郎の身体を無遠慮にながめ回す。弥太郎の中身の詰まった米俵のような身体と比べているのだろう。七郎はそれがわかって、余計に意地になった。

「連れていってくだされ。お願いでござる」

「女房が泣かへんか」

「あいつが行けと言うので」

言ってからしまったと思ったが、もう遅い。事情が一瞬にして透けて見えたというように、小木曾吉之丞は笑った。

「覚悟しておるのなら、わかった。陣触れは九月ゆえ、それまでに十分支度をしておけ」

盂蘭盆がすぎてから九月初旬までは、稲刈りや籾干しで日々があわただしく過ぎていった。倒れた稲は籾に実が入らず、去年の半作といったひどい出来だった。

――やはり飢饉がくるか。

うそ寒い気分で刈り取った残り少ない稲をはさにかけていると、背後から声をかけてきた者がいた。振り向くと、弥太郎が立っていた。

「今度は馬の口取りで出るんやってな」

「わしは槍持ちじゃ。親の代からそうやった」

七郎は精一杯気張って言い返した。

「おどろいたわ。おまえさんが戦さに出るとはの。やはり不作で困っておるのか。お互い様やなあ」

弥太郎は、その下駄のように角張った顔に薄笑いを浮かべていた。血色がよく、頬と耳は熟した柿のように赤い。背丈は七郎より一寸（約三センチ）は低いが、粗末な小袖の上からでも胸の筋肉が盛り上がっているのが分かるし、袖から突き出ている腕も太い。七郎と同い年だが、態度が大きいせいで二つ三つは上に見えた。

七郎は弥太郎から視線をはずして、ぶすりと言った。

「たまには戦場稼ぎもいい」

「戦場はつらいぞ。やっていけるかな」

「ああ」

七郎はそう言ったまま、また黙々と手足を動かしはじめた。もともと口を利くのがきらいな上に、相手が弥太郎では、なおさら話をする気になれなかった。

弥太郎は、にやつきながら近づいてきて言った。

「どうじゃ、これから槍の稽古をせんか。旦那のところの屋敷で槍を振り回すんじゃ」

「そんな気になれぬ」

「槍の稽古なぞ、したこともないやろ」

「まだ稲束はたくさんあるからな」

「稽古もせんと戦場へいったら、すぐに命がなくなるぞ。早く来い」

「わしは、行かぬ」

「来いと言ったら来い」

弥太郎は七郎の手首をつかんで引っ張る。

「なにをする！」

七郎は険しい声を出したが、弥太郎の力にはかなわなかった。ずるずると引っ張られてゆく。

すると、いつもの弱気の虫が顔を出した。断るだけの勇気が出てこない。ここで言い争いになるのもみっともない、穏便にすませるのが大人だ、と思うようになる。

「ちょっとだけや。すぐに戻るからな」

七郎は煮えくり返る腹を抱えながら、弥太郎のうしろに従って小木曾吉之丞の屋敷へ向かった。子供のころからいつもこうだった、という思いがちらりと胸をかすめた。

七郎は今でも思い出す。飢饉の襲った年、暑い夏のことだった。瓜（うり）を盗みに入った畑で見張りの大人に見つかり、納屋（なや）の中に追いつめられたことがあった。

外では棒を持った大人が出てこいと叫んでいる。観念して、二人で一緒に出て行って謝ろうということになった。だが目をとじて飛び出した七郎が目を開いてみると、大人の前に立っているのは自分一人だった。弥太郎は裏口からこっそりと逃げたのだ。

食物を盗むのは重罪だった。そのときは子供のことだというので命は助けてもらえたが、気を失うほど叩かれて、五日ほど寝込んだのだった。七郎の心に弱気の虫が棲みついたのは、そのあとだった。

それ以来、弥太郎とは一歩離れて付き合うようになったが、今でも顔を合わせただけで古傷を引っかかれるような気になる。

三

美濃側の村には人影もなかった。

すでに村人たちは逃げ出した後なのだろう。七郎たちは槍を構えながら村中を見てまわり、ついで伏兵がいないかと、村の外も捜しまわった。そして近辺に美濃の兵は一兵たりともいないことを確認すると、歓声をあげて略奪に走った。

もちろん大した物は残っていない。それでも探せば鍋釜(かま)や着物といった金になりそうなものが出てきた。大騒ぎし、奪い合いながら兵たちは家々を荒らしまわった。

弥太郎たちが徒党を組んで家々を荒らしまわるのを尻目に、七郎はひとりで家を見て回った。だがうまく探し出せなかった。

軒の低い破れ家で、わずかに升の中に残された三合ばかりの粟を見つけた。

屋根が落ちかかり、蔀戸が割れているあばら家で、兵たちがだれも寄り付かなかったのだ。それでも中は埃もなく、つい最近まで人が住んでいた気配があった。

七郎はその粟を大事に打飼袋に入れた。早くも戦果にありついたということになるが、少しも心が躍らなかった。これでは盗人というよりも乞食(こじき)である。

その晩は木曾川からいくらも離れていない村で野営することになった。

「わぬしは見張りや。いいか。月が出るまでは寝ていいが、出たら交代や。そのあとは一刻、で今度は弥太郎と交代や」

旦那にそう言われて、七郎はあわてた。もう二十日過ぎだから、月が出るのは子(ね)の刻（午前零時）ころだろう。今から二刻も寝られない。

——合戦に出るというのは、やはり大変なことや。

ため息が出た。一晩や二晩寝なくても何でもないような頑丈な身体を持つ者でないと、なかなか耐えられるものではない。

冷え込む夜の見張りを、七郎は子供の寝顔を思い出しては耐えた。

つらい時でも、頭の中で楽しいことを想像することはできる。そうしているうちに、時間がつらいことを運び去ってくれる。

月の動きで一刻の見当をつけて、弥太郎を起こした。だが弥太郎は起きなかった。

「交代や。見張りや。起きよ」

衿(えり)をつかんで揺すると、弥太郎は薄目を開けて言った。

「明日、おまえの分までしてやるから、今日はつづけてやってやってくれ」

七郎は一瞬、答えに詰まった。そうしてやってもいいという考えがわいてきて、頭の中をかすめた。だが次の瞬間、むくりと何やら荒々しい感情がわいてきて、その考えを否定した。

——いや、それは駄目だ。

弱気になってはいかん、と自分に言い聞かせた。こんなところで弱気になったら、それこそ命を落とす。七郎は衿を持つ手に力を込めた。

「交代や。四の五の言わんと起きよ」

明日のことなど分かるものではない。弥太郎はごまかしを言っているだけだ。子供の頃からそうだった。舐(な)めているのだ。

衿を持って引きずり上げるようにすると、弥太郎はようやく起きてきた。

「おう、いい月夜やのう。七郎」

「静かに番をせい。わしは眠る」

そう言って弥太郎と交代した。少しどきどきしながらも、これでひとつ弱気の虫を抑えた、と七郎は満足した。

翌朝、七郎たちの属する織田与二郎の軍勢は、手力（てぢから）という村を通り、美濃の主である斎藤利政（道三（どうさん））の居城、稲葉山城（いなばやまじょう）へ迫った。稲葉山はそれほど高い山ではないが、前に山がないので、海に浮かぶ島のように、遠くからでもその姿がよく見える。

村を出ると、あたりは一面の深田で、刈り入れが終わった今も水が残っていた。そこらの畦（あぜ）には田舟がもやってある。ここは年中水の引かない田で、刈り入れも舟に乗って行うのだろう。

七郎たちは、深田の間を走っている幅六尺（約一・八メートル）ばかりの一本道を二列になって歩いた。

どんよりとした曇り空に見渡す限り田圃（たんぼ）が広がり、その上を肌寒い風が吹きぬけてゆく。

「七郎よ、槍は石突を勢いよくどんどんと地面に突いていくもんや。おまえみたいに顎を出して肩に担いでおっては、負け戦の落ち武者のようでいかん」

弥太郎の言葉に周りの者が笑った。七郎はすかさず言い返した。

「負け戦とは言葉がすぎるやろう。使い番のお侍に聞かれたら鞭をくらうで」

弥太郎はだまった。

――舐めるなよ。

七郎は意気軒昂だった。これまでならば言われっぱなしにしておくところだったが、もう遠慮はしなかった。弱気の虫とはおさらばしたのだ。

「走れ。走ってこのさきの河原まで行け」

細い道を半刻も行軍した頃、突然、前から命令が伝わってきた。美濃兵と遭遇したらしい。兵たちは駆けた。七郎も走った。

すすきが生いしげる河原に着くと、すでに矢が飛び交い、どよめきと雄たけびがあたりを満たしていた。敵の数はわからない。七郎には旗指物が林立する眼前の敵が途方もない数に見えたが、周囲は落ち着いていた。どうやらこちらよりは小人数らしい。

七郎は周囲に合わせて押されるままに前進した。不安が高まっていった。こめかみが破裂しそうなほど脈打っている。

両軍は次第にその間隔を詰めてゆき、二十間（約三十六メートル）

ほどになった。そこで一度足踏みし、見合った。そしてまたどちらからともなく前へと出て、じりじりと間合いが詰まる。

後方から「かかれかかれ、押せーっ」との声がひびくと、押し太鼓が急調子で打ち鳴らされ、法螺貝（ほらがい）が鳴り渡った。応ずるように周りでいっせいに声があがり、進む足も駆け足となった。

馬を下りていた小木曾旦那は、槍を抱えて飛び出していった。

弥太郎が叫ぶ。五人の足軽は走った。七郎も一番うしろからついていった。

「それ、旦那につづけ。遅れるな」

旦那は足軽どもを避けて、自分にふさわしい敵を探している。弥太郎や文左衛門が旦那の前に立ち、槍を構えて寄ってくる足軽どもを牽（けん）

制(せい)していた。

そこに横合いから、数人の足軽を従えた武者が槍をつけてきた。

「小癪(こしゃく)な葉武者(はむしゃ)づれが!」

「油断するな。包め」

旦那が叫び、槍を突きだした。

互いの槍が絡みあい、双方が上から押さえつけようと争う。敵は果敢に踏み込んでくる。小木曾旦那は押しこまれ、ずるずる後退するうちに、足をとられて尻餅をついた。

敵の武者はそこへ槍を突きだそうとしたが、旦那の危機を見た文左衛門が、槍をのばしてその足を払った。武者は体勢をくずしてうつ伏せに転んだ。

「あれを討ちとれ！」

小木曾旦那は尻餅をついたまま怒鳴る。

弥太郎が突進していって、槍を鍬（くわ）でも振るうように頭上からたたきつけた。武者はそれを手に持った槍で受け止めたが、そこへもう一本の槍が伸びる。文左衛門である。武者のうめき声が聞こえた。

槍は脇腹の鎧の隙間に刺さっていた。

「し、仕留めたぞ」

文左衛門は誇らしげに叫んだが、そのまま無事ではすまなかった。

二人の足軽が駆けつけてきて、文左衛門の槍を太刀で斬り折り、もうひとりが袈裟懸（けさが）けに斬りつけた。腹当をつけただけの文左衛門は、肩と腕を斬られてけもののような悲鳴をあげた。

残りの三人が敵を包むように槍をつけるが、そこへまた敵の足軽が槍を振るって駆けつけてくる。その間に敵の武者は足軽に助け起こされて後退してゆく。

七郎は震えながら、その一部始終を見ていた。身体が動かなかった。

「それ、いったぞ」

声がかかった。はっと気がつくと、太刀を持った敵の足軽が目の前にいた。思わず槍を振るうと硬い手応えがあった。槍の柄が足軽の首に当たったのだ。

足軽は何事か喚きながらよろよろと倒れた。そこへ追いかけてきた弥太郎がのしかかり、素早く小刀を抜いて首筋へ打ち込んだ。足軽の身体が跳ねあがり、その勢いで弥太郎はあおむけに転がったが、それまでだった。足軽は動かなくなった。

弥太郎は身軽に起き上がると、倒れている足軽をさらに二度、三度と刀で刺し、ぴくりとも動かなくなったのを確かめてから、首筋に小刀をあてた。頭髪をつかみ、押し切るように首を落とすさまを、七郎は唖然（あぜん）としてみていた。


その晩も七郎は見張りに立たねばならなかった。そのため勝ち戦の祝い酒も少ししか飲めなかった。

見張りに立つ前に、七郎が筵（むしろ）にくるまって少しでも寝ようとしているそばで、酒を飲んだ兵たちが賽子（さいころ）をふっていた。

勝ち戦の余勢で、日が落ちても陣中は賑やかだった。賭けるものは明日襲うはずの井の口で調達する約束だから、賭け代に事欠くわけがない。手慰みはいつまで経っても終わらなかった。

七郎はほとほと疲れ果てていた。今日の合戦の光景が目の裏から離れず、心臓の鼓動は高まったままもとにもどっていない。

――やはり、来るのやなかった。合戦なんて、わしには無理じゃ。これでは敵にやられる前に行き倒れになるわ。

頭の中には、そんな後悔とも愚痴ともつかぬ言葉ばかりが浮かんできた。その合間には昼間の合戦で聞いた断末魔の声や、血が滴る首が甦ってくる。寝つけるものではなかった。それでもあと二刻もすれば起きなければならない。

「七郎、おまえ、算用ができたやろ。ちょっと勘定してくれんか」

ひとの苦悩を知らぬ楽天家たちから声がかかる。

断ろうと思ったが、こんな修羅場で生き残るためには付き合いも大切だと思い返した。しぶしぶ起き上がると、博打(ばくち)の輪に加わり、賭け金の勘定をしてやる。

「おう、七郎は勘定に長(た)けとるのう。今度は村の勘定役をやってもらうか」

「そうや。読み書きも達者やったやろ」

ただの戯(ざ)れ言(ごと)と分かっていても、誉められて悪い気はしない。思わぬところで株を上げて、七郎は苦笑した。しかしこれで今晩は一睡もできないことになりそうだった。

# 四

翌朝も曇りで、冷たい風が吹いていた。西の空が暗いからやがて雨になるだろうと、七郎はぼんやりとした頭で考えた。

この三日というもの、ほとんど寝ていないために、頭の中に蜘蛛(くも)の巣がかかったような気分だった。そのあたりに寝転べば、すぐに眠れそうな気がする。

しかしそんなことは許されない。今日はこれから城攻めなのだ。

「稲葉山を取りかかえるんやと」

そう弥太郎が言うが、それがどんな戦いになるのか、さっぱりわからない。ただ、行軍に遅れないように歩いていった。

やがて山の麓（ふもと）に着いた。長森（ながもり）という在所だった。そこから攻め上るのだという。

「さて、われらは南から、弾正忠どのの軍勢は西から攻めるわ。そう日をかけずに落ちるやろ」

弥太郎は元気だった。顔色もよく、薄笑いさえ浮かべている。

七郎にしてみれば、同じように夜の見張りをしている弥太郎が元気なことが不思議だった。場数を踏んでいるだけに、身体が慣れているのだろうか。それともやはり体力のちがいだろうか。

こと合戦に関しては、弥太郎のほうが数段有能なところを見せつけられているようで、面白くなかった。七郎は話題を変えた。

「お城には銭や米がうなっておるのかな」

「そうや。それは心配ないぞ」

ともかく早くこの苦役を終わって、僅(わず)かでもいいから金目のものを持って帰りたいとばかり考えていた。

「米でも銭でも、なきゃあ麦でもええ。何か持って帰らんことには」

「その前にひと戦あるわい。まだ早いわ」

弥太郎が口の端を歪めて笑った。


城攻めは辰の刻(午前八時)からはじまった。

最初は城も見えないところで、山道の奪い合いからはじめなければならなかった。

七郎は陣の後方で立っていた。戦闘は先手の幾人かで行われていて、七郎たちのあたりはまだ山道に入れないでいた。

美濃勢は山道の要所に鹿垣を結いまわし、道を狭めていた。何百人で押しかけようと、二人か三人しか通れない道では戦力にならない。そうして小競り合いを繰り返し、時間だけが過ぎていった。

「これはいかん。こんなところにおっては高名もできんわ。ほかの道を探すだわ」

小木曾旦那が言い出して、陣の後方の者たちは山の藪(やぶ)の中へ入り込んだ。七郎も槍を担いで藪の中へはいった。だが藪は深くて、とても進めるものではなかった。行きつ戻りつしているうちに雨が降り出してきた。

午(うま)の刻（午後零時）すぎにやっと登り道を見つけたが、そこも少し登ると鹿垣に行き当たった。頑丈に結わえた鹿垣を二重三重にまわしてあるから、いちいち打ち壊すかよじ登るかするしかなかった。

敵は山の上から矢を浴びせてくる。隙間なく矢を射てくる敵に、正面から向かうのは無理があった。何度か喊声をあげて攻め寄せては、その都度、矢をさんざんに浴びて後退させられていた。

雨はしだいに大粒となり、木立を打つ音も凄まじいばかりの驟雨となってきた。風も強くなり、笠や兜が飛ばされそうなほどの吹き荒れようだった。そのうちに山道に流れ下ってきた水が嵩を増してきて、まるで滝のような水勢になった。

攻め上がってきた尾張勢は、水勢に足を取られてとても前へ進めず、濡れた身体も冷えて、戦どころではなくなってしまった。前へ突き進む者もいなくなった。

「出直しや。雨が止まな、どうしようもねえわ」

小木曾旦那がまず悲鳴をあげ、せっかく登った山道を下りはじめた。みなも主のあとにつづいた。

麓近くまでおりたところに二反ばかりの平地があった。枝を広げた大きな木があり、そこでみな雨宿りをした。

雨は降り止まなかった。やや勢いは衰えたものの、依然として強く降っている。

七郎は寒気を感じた。雨で濡れ、風に吹かれた身体は冷え切っていた。

「さて、今日はこれまでやろ。どこか屋根のあるところを探して、泊まる支度をせんといかんな」

先の読める弥太郎がねぐらの心配をしている。そろそろ申（さる）の刻（午後四時）だろう。暗くなる前にねぐらを確保しなければならない。今日ばかりは野宿とはいかなかった。

そこへ鉦（かね）の音が聞こえてきた。退け、という合図だ。

「今日はこれまでじゃ」

「さっそく退いて、宿探しをするだわ」

旦那が言う。そうとなれば早く退くべきだった。長森の在所は深田ばかりで、百姓家もそれほどない。この雨では尾張の兵同士で、少ない百姓家の取り合いになると見なければならなかった。

雨は冷たく、野宿はたまらないが、戦は勝っている。その点は安心だった。

長森の村はずれまで下りてくると、尾張兵たちが大勢いた。雨に打たれて、木立を縫うように歩いている足軽がいるかと思うと、蓑(みの)をつけている用意のいいのもいた。

村の入り口にある破(や)れ寺のお堂の軒下には、すでに多くの兵たちが鈴なりになって雨を避けていた。

「遅かった。これではどこの家も兵で溢れかえっているぞ」

「軒下でもいいから、入り込むしかないわい」

情けないことになった、と七郎は落胆した。

「家におれば、食うものはなくとも雨に濡れることはないのにのう」

「そこが戦じゃ。眠ることもままならんし、雨をしのぐこともできん」

弥太郎の返事も力がない。もう精根尽き果てた感じだった。それでも一団は、ぶらぶらと村の中心に向かって歩いていった。

叫び声が聞こえたのはその時だった。雨の中ではっきりと聞こえないが、何かを必死に訴えていた。

「何や。騒がしいの。陣中で大声は御法度（ごはっと）やろが」

弥太郎はのんびりとした声を出した。もう今日は合戦は終わりである。何を興奮しているのか、といいたげだった。

「放れ馬でも暴れとるか、喧嘩でもしとるんやろ」

旦那が言った。七郎もそう思った。

「力のあまったやつがいる」

「血を見ないと、すまぬやつがいるかな」

軽く笑いとばしたが、直後に足軽の中では一番年嵩の彦五郎が西のほうを指さし、切迫した声を出した。

「おい、あれ、あれが喧嘩か」

皆、いっせいにそちらのほうを見た。

街道をひとすじに大勢の兵が走り寄って来る。そのきびきびした動きは、雨を避けている尾張兵とはまるでちがっていた。

七郎はどきりとした。小木曽旦那や弥太郎たちも同じ思いだったらしく、動きが止まった。

「まさか」

「こんなところに敵が来るわけがねえ」

「でも、あれは……」

兵たちが近寄ってきたので、旗指物がはっきりと見えた。

尾張の者ではない。

ということは……。

「て、敵、敵や！」

美濃兵は地の底から湧いたのかと疑いたくなるほど迅速に、しかも多数現れた。たちまち喊声をあげて、破れ寺の軒下に雨宿りしていた尾張兵に襲いかかっていった。

「ええい、うろたえるな。丸くかたまれ」

小木曾旦那は足軽たちを叱咤（しった）した。

前面は稲葉山、背後は深田だった。その間にある、山の麓のわずかな平地で殺し合いがはじまった。

　槍を振りかざして突き進んでくる美濃兵の集団に、ばらばらの尾張兵たちはなす術（すべ）もなかった。二人、三人と追われては深田に逃げ込み、そこで胸まで泥に埋まって身動きも取れずに討ち取られていった。槍を交えた者たちもいたが、たちまち包まれて討ちとられた。押してくる美濃勢に対して、尾張の軍勢はすでに陣形を解いたあとだけに、組織立った戦いが出来ないのだ。

「あかんわ。退け退け。このままではやられるわ」

　小木曾の旦那は切迫した声を出した。

　もはや躊躇（ちゅうちょ）してはいられなかった。七郎たちは全力で走った。恐怖にかられて疲れもどこかへ飛んでしまった。

恐ろしいことに、美濃勢は走っても走ってもついてきた。村の中心を走る街道を、七郎たちは一散に逃げ、そのあとを美濃兵が追ってくる。

七郎たちの一団では、重い甲冑(かっちゅう)をつけている小木曾の旦那が遅れがちだった。走りつづけるうちに、荒い息遣いをして、みなからはなれていった。

「たわけ、わしを置いていくな」

小木曾の旦那は叫んだ。しかしだれも足を緩めなかった。

背後で「ぐうっ」という唸(うな)り声がした。振り向くと小木曾の旦那が四、五人の兵に囲まれていて、その一人の槍は旦那の肩に刺さっていた。

「南無阿弥陀仏！」

七郎は吐き捨てるように念仏を唱え、また走った。

街道の前を走る兵が止まった。逃げてきた七郎たちも止まらざるを得ない。後方からの怒号と、前からの悲鳴が交錯した。

「どうした、早く道をあけろ」

「前に敵がいるぞ。押すやねえ、散れ、散れ！」

七郎はどうしていいのかわからずに、呆然（ぼうぜん）と突っ立っていた。死ぬ、と思った。美濃の兵に突き殺されるのだ。

「とろとろしておるな。逃げよ」

背中をどんと突かれて七郎はよろけた。

弥太郎だった。

いつのまにか具足を脱ぎ捨てて、脇差一本を帯にねじ込んだだけになっている。

「畦道を走るのや。具足を着けていてはとても走れんぞ。脱げ脱げ」

深田の畦道は一尺（約三十センチ）ほどの幅しかなかった。あやまって深田に落ちれば、旦那のように敵兵の餌食になる。

七郎は上帯をほどき、具足を頭から脱いで捨てた。ちょっとためらったが、槍も捨てた。

見ると弥太郎はもう畦道を走っている。

七郎も走った。雨は幾分小降りになっていた。夕闇が迫りつつあり、少し離れれば顔もさだかには見えない。脇差を身に帯びただけで、七郎は畦道を南へと逃れた。

# 五

もう見ているのは弥太郎の背中だけだった。背後からは喊声が聞こえてくる。美濃勢はまだ追撃を止めていない。恐怖で胃の腑が絞りあげられるようだった。

――追いつかれたら、槍がくる。

冷たく光る槍の穂先が恐ろしかった。生身の肉体にあんなものを受けるのを想像すると、それだけで叫び出したくなった。

――罰や。盗みをしたり人殺しの手伝いをした罰や。

そんな言葉が頭の中で回りはじめた。その言葉から逃れるように懸命に手足を動かした。

ようやく田も尽き、畦道を出て竹林の中に入った。

あけっぴろげの畦道から、とにかく身を隠すもののある竹林に入ったからか、とたんに緊張が緩んだ。同時に息が切れ、七郎は泥水の上にへたりこんだ。もう走れないと思った。身体の中の力をすべて出し尽くした気がした。

少し前には弥太郎が屈み込んで荒い息をしている。弥太郎もやはり人の子なのだ。

「弥太郎やないか」

そんな声が聞こえた。泥まみれの男が竹林の中から這い出してきた。七郎にも聞き覚えがあった。野陣の博打で、弥太郎をカモにしていた男だ。やはり畦道を逃れてきたのだろう。

「お味方の、軍勢は、どこに、おる」

まだ整わぬ苦しげな息遣いのまま、訊いた。

「軍勢などどこにもいやせん。みな槍を放り出して逃げてきたのや」

「弾正忠さまの軍勢もか。あちらは、数千のお侍がついておるゆえ、こちらのようなことは、ないやろ」

「知らん。こんなときによそのことなど、だれも知るものか」

そうしているうちに、敗残の尾張兵が二人、三人と集まってきた。だれもが雨にずぶ濡れになり、顎（あご）から水を滴らせていた。頭から血を流している者や、指を切り落とされて痛さにうめいている者もいた。

こんな格好でひとりでいては、美濃勢から逃れられても、近在の百姓による落武者狩りにやられる。それがわかっているから、尾張の敗兵たちは弱い獣が寄り集まるように仲間を求め、数を増やしていった。

三十人ばかりの敗兵が集まった。

広い竹林の尽きたところに寺があった。

「あそこで、一息いれようや。弾正忠様のほうの戦況も、さぐらねばならんしな」

だれかが言った。敗兵たちはその声に従って寺に駆け込み、がらんとした本堂に入った。

本堂の埃だらけの床にすわり込んで、しばらく物も言えなかった。

雨に打たれるということが、これほど辛いことだとは、七郎は知らなかった。ほかの者も同じ思いだったらしく、呻き声と溜め息のほかは、だれも声を発しなかった。

「声がする！」

ひとりの言葉で静寂は破られた。耳を澄ますと、たしかに雨の音を貫いて大勢の声が聞こえてくる。

「敵か。もういい加減にせい」

「しっこいやつらや」

そう言いながらも、兵たちは応戦すべく本堂を出ていった。七郎もやけになりながら腰をあげた。

あたりはもう暗くなっていた。雨はまだ降りつづき、風も強かった。早くも正門をはさんで美濃の兵と尾張兵が対峙していた。美濃兵は十名余りに見えた。しかし甲冑に身を固め、槍や弓を持っていた。美濃兵が槍と楯を持って突っ込もうとし、槍も弓もない尾張兵は石を投げて応戦していた。

七郎も投石に加わろうとしたところ、後ろから襟首(えりくび)をつかまれて引きもどされた。

「かまわずに逃げろ。こんな門、すぐに破られるぞ」

弥太郎だった。ちょっと迷ったが、弥太郎の言葉には逆らいがたかった。ともにこっそりと裏口から出た。

闇にまぎれ、二人は走った。弥太郎は方向感覚がすぐれているのか、闇の中を迷いもせずに走る。七郎はただだまってついて行くだけだった。まだまだ弱気の虫は生きている、と打ちのめされながら、弥太郎を見失うまいとした。

どれほど走ったか、やっと木曾川べりに着いた。この川を越せば尾張だ。

暗闇の中で、向こう岸は見えなかった。

「おう、危ない」

弥太郎が言った。河原にちょっと踏み込むと、もう水があった。あれほど広かった葦の茂みが、ほとんど水に浸かっているのだ。川幅が広がっているらしい。

しかも耳を澄ますと、雨と風の音の底にごうごうと低い音が聞こえる。木曾川は昼からの雨で増水し、流れも速くなっているのだ。

「ここを泳ぎわたるなど、とんでもないな」

「舟しかないぞ。舟をさがせ」

ここには美濃兵の姿はない。しかしすぐにも追いついてくるだろう。

明るくなれば百姓たちの落武者狩りもはじまる。一刻も早く川を渡らねばならなかった。

弥太郎はずっと上流のほうへ走っていった。七郎は風に吹かれるままに下流のほうへふらふらと歩いた。雨と風を避けるものなど何もない。虫であれば葉陰にでも隠れられるだろうに、と七郎は自分の大きな身体を呪った。

「南無阿弥陀仏、なむあみだぶつ、なむあみだぶつ」

自然に念仏が口をついて出てきた。その念仏も、次第に大声になっていった。

「なむあみだぶつ、なむあみだぶつ。盗みたくて盗んだのやない。盗まぬとかかあも子供も飢えるのや。殺生(せっしょう)も、したくてしたのやない。

槍を振るわぬと、こっちがやられるのや！」

腹からこみあげてくるものがあって、大声で吐き捨てるように叫んだ。途端に口の中に雨が入ってきてむせ返った。

「その声は、七郎やろ」

いきなり葦の茂みの中から声がかかった。七郎はびっくりして飛びあがったが、すぐに声の主の見当がついた。

「彦五郎さんか。そうやろ」

小木曾旦那に仕えていた足軽である。

「ここや、ここや、来い。舟があるぞ」

驚いたことに、本当に舟があった。

盗まれることを恐れてか、川からずいぶん離れた小屋に隠してあったのを、偶然に見つけて引きずってきたのだという。もうひとりの男は、両手で舟底に溜まった雨水をかいだしているところだった。

「まだまだ乗れるぞ。そのへんをうろついている者を探してこい」

「よし、行ってくるわい」

七郎は急に元気になった。上流に走っていって弥太郎を呼んできた。弥太郎はだまって走ってきたが、舟を見ると破裂するような笑い声をだした。

「これで助かるわい。神様仏様や。七郎と一緒に逃げて本当によかったわ」

そこへ彦五郎もふたりの男を連れてきた。ひとりは絶え間なく「痛え、痛え」と悲痛な声をあげ、もうひとりの肩にすがっていた。肩を貸している男も、苦しそうな息をしている。

合計六人。舟は川べりの百姓が川漁に使っていたものらしく、幅は二尺（約六十センチ）、長さは一丈（約三メートル）ほどしかない。

七郎は不安になった。六人も乗れるのだろうか。

乗ってみると、水が舟べりのすぐ下まできた。しかも揺れる。

「これは危ない。流れも速いぞ。川の真ん中までいって、舟が覆りやしまいか」

彦五郎が困ったように言った。

「五人や。ひとりは別の舟を探すだわ」

途端に重苦しい沈黙が六人の間に降りてきた。

別の舟などそう簡単に探せるものではなかった。下りたら美濃兵に追われて斬り殺されるか、溺れ死ぬかだ。ひとりは死ね、といっているようなものだった。

「怪我人は下ろせんしなぁ。さあ、誰を下ろすか」

弥太郎が言った。まるで自分が決める権利があるとでもいいたげだった。

「彦五郎は舟を見つけた。もうおひとりも、そうや。さて、すると下りるのはあとから来たわしか、七郎やな」

やはり、きた。七郎は気を強く持って懸命に言い返した。

「なあ、七郎。わしらが下りようか」

「ふたりで、か」

「おうさ。ふたりでまた舟を探すだわ」

もっともな言葉だった。七郎は腰を浮かした。弥太郎も立ち上がった気配がする。だがそこからふたりとも動かなかった。

「どうした、下りんのか」

じっと待つ七郎に弥太郎が言った。七郎の頭の中には子供のころ、瓜畑で弥太郎が仕掛けた仕打ちが蘇ってきていた。

「そっちこそ先に下りよ」

「おまえが先じゃ」

七郎は凛（りん）とした声で言った。

「小ずるいおまえには、うしろを見せるわけにはいかん」

「なにい」

「舌先三寸でおのれだけ助かろうというのやろ。見えすいておるわ。

おまえの汚ない手口は百も承知じゃ」

「なんやと」

声とほとんど同時に、頰に強烈な衝撃があった。七郎は思わずよろめいた。舟べりにつかまって身体を支えることができたのは幸いだった。

「やったな！」

跳ね起きると、闇の中に手を伸ばし、弥太郎の身体にむしゃぶりついた。頰の傷みが、七郎の胸に溜まっていたものに火をつけたようだ。

「あぶねえ。よせ！」

弥太郎の声が裏返る。かまわず七郎は足を踏ん張り、ねじり倒すようにして、ともに川に落ちた。

全身をつつむ木曾川の水は冷たくなく、むしろ温かいと感じた。弥太郎が猛烈にもがく。どうやら水の深さは膝あたりのようだ。七郎は水の上に出ようともがく弥太郎の胴体にうしろから足を絡め、ついで弥太郎の右腕を右脇に挟むようにして押さえた。そうして動きを封じておいて、空いた手で川底を押し、くるりと身体を入れかえた。下になった弥太郎はさらにもがく。

七郎は空いた左手で舟べりを押し、「行け」と言って舟を川の中へと押し出した。

弥太郎の力は強くて、絡んでいた七郎の足はすぐに振りほどかれた。立ちあがった弥太郎は、七郎を突き飛ばすと舟をさがしたが、すでに岸からはなれてしまっている舟は、もうつかまえられない。

「こら、待て。置いてゆくな！」

と叫んで二、三歩川の中に踏み込んだ弥太郎だったが、川の流れに押し流されそうになり、その場で立ちすくんでしまった。

一方、七郎は水の中にすわりこんでいた。

舟は行ってしまったが、奇妙な満足感があった。子供のころの鬱憤（うっぷん）が、ようやく晴らされたのを感じた。

「おい、助けてくれ。流される！」

激しい流れに押し流されそうになり、身動きならずに弥太郎が悲鳴をあげている。

ざまあみろと思いつつ、自分ももう助からないことを、七郎は感じていた。川は渡れないし、追手はそこまで迫ってきている。

おそらく朝方までの命だろうと考えながら、なぜか満足感のほうが強かった。弥太郎の悲鳴を聞きながら、七郎は温かい水の中にひたっていた。

# 一陽来復

一

「お殿さま、そろそろ八つどき（午後二時）や」

「おう、一服させてもらいますわ」

家人の五助と藤吉がきて、福光右京亮にことわりを言う。

「ああ」

右京亮は西にかたむいた陽をちらりと見あげ、うなずいた。

「湯、わいてるか。一杯くれ」

右京亮も腰をあげ、焚き火に歩みよると、家人の頭格の又六に命じた。百姓どもはそれぞれに水を飲んだり、火にあたったりしている。

湯をもらった右京亮は、陽だまりに腰をおろした。

鷺山城のまわりの濠を深くし、あわせて庭に泉水をひく普請役に、右京亮たちは駆り出されていた。

右京亮は下福光郷の領主として、濠の五間（約九メートル）幅分をわりあてられ、郷中の百姓ら十人あまりをひきいて毎日働いている。

正木、下福光、土居、といった鷺山城下の郷の領主どもに、斎藤山城守道三の花押が書かれた下知状が来たのが、昨年の暮れだった。年が明け、小豆粥を炊いて小正月を祝ってから、普請ははじまった。

尾張勢が美濃に侵入して、稲葉山城で大きな合戦があってから、すでに十一年がすぎていた。

美濃の国主であった山城守道三は昨年、家督を長男の義龍に譲って、いまはただの隠居の身である。にもかかわらず、ひと声かければ何千という兵をあつめられるだけの勢力を保っている。

この作業も、いわば隠居屋敷という私邸の普請に使われているわけで、迷惑な話だったが、右京亮のような一郷を支配するだけの地侍がさからえる相手ではない。だまってしたがうしかなかった。

又六が竹筒を半分に割った弁当を差し出した。中には麦三分の冷えたむすびが二つ入っている。それに味噌をなすりつけて食う。

西のほうを見晴らすと、はるか遠くに伊吹(いぶき)の山なみが雪をいただいて鎮座しているのが見える。北には奥美濃の連山があり、これは青く低く連なっている。

鷺山は、濃尾(のうび)平野の北のはずれにぽつんと置かれたようにある山で、高さはざっと二十丈（約六十メートル）ほど。四半刻もあれば登って下りて来られるほどの小山だが、伊自良（いじら）街道を眼下ににらむ位置にあるため、古くから城が置かれていた。道三はそれを修復して住んでいるのだ。

指についた飯粒を食べていると、又六が柄杓（ひしゃく）に湯を汲んで持ってきた。それを竹筒に入れ、湯気を吹きながら残っていた味噌を溶かして、残さずに飲み干した。

「今年は井水（いすい）を掘るどころか、溝（どぶ）さらえもできんのではござるまいか」

五助が心配そうに言う。右京亮は、声が高いとたしなめた。

郷の北を流れる鳥羽川（とばがわ）から井水を引いている下福光郷にとって、溝さらえは水を確保するために手を抜けない作業である。そのうえ今年の冬は暖かで、雪が例年より少ない。つまり春の雪解け水が少なくて、田植え時に水不足になる恐れがあるわけで、みなが気を揉んでいた。

だがそんな話は道三には通じないし、それどころか不平を言っていることが耳に入れば、恐ろしい目に遭うかもしれないのである。ささいな盗みを働いただけの者でさえ、牛裂きの刑にしてしまうのが道三の仕置だった。

「はやく普請を終わらせて、溝さらえだけでもやるのやな」

「さようで」

「なにか心配事でもあるのか」

「へえ。うわさでは普請は濠だけではないそうで。山にもいくつか穴を掘っているとか」

「穴？」

「たぶんお宝を隠す穴やないかって、みな言うておりまするで。そんなことまでやらされては、いつになったら終わることか」

それは初耳だった。右京亮は口をとがらせた。

濠の普請は、もしこのあたり一帯が戦場になった場合、この鷺山の城が百姓たちの避難場所になるとの期待があるから、文句を言いつつもしたがっている。しかし宝の隠し場所となると、これはまったく道三の私事である。そんなことにまで百姓をつかうのは本来、許されないことだ。

しかしそんな横暴も、道三ならありうることだ。

「ほれ、まずは普請を手早くやらぬと。湯を飲んだらはじめるぞ」

不満そうな顔の五助をはげまし、右京亮は立ち上がった。

右京亮は図面を見て縄を打つ。二間（約三・六メートル）の幅の濠を三間にする。底も掘り下げる。縄を打ちおわると、百姓たちが群がってたちまち掘りくずしてゆく。

昼すぎから風が出てきて肌寒くなり、百姓たちは冷たい手に息をかけながら鍬（くわ）をふるった。右京亮は普請奉行と図面をにらんで、次の縄打ちの場所を論じていた。

「父上」

そんな声に右京亮が振りむくと、太郎が立っていた。

右京亮の嫡男で、十二歳のいたずら盛りだ。大勢が立ち働く普請現場がおもしろいらしく、叱っても見物に来るのをやめない。今日も背後に、二つ下の弟の次郎と数人の仲間を従えて来ていた。

だんだんと角張ってきた太郎の顎のあたりが、自分に似ていると右京亮は思う。それに比べると次郎は細長い顔をしており、妻に似ている。

「こら、来るなと言ったやろうが」

「お手伝いをと思うて、来てござるが」

「子供がいくら来ても、足手まといや。次郎をつれて帰れ」

右京亮が叱ると、太郎は駆けだした。どうするのかと見ていると、すこし離れたところで立ち止まり、またこちらを見ている。太郎も次郎も、このごろはさっぱり親の言うことを聞かなくなっていた。

仕事をつづけていると、やがて西の空が赤く染まり、濠の水で鍬を洗う百姓の姿が目に付くようになった。

松林で遊んでいた太郎たちに声をかけて呼びよせると、白い息を吐きながら走ってきた。

「暗くなると隠坊さまが出るぞ。はやく帰れ」

このあたりは、六十年前の舟田の合戦で死んだ武者たちの亡霊が出るといわれている。右京亮自身が子供のころから、そう言われて注意されたものだ。

「ううん。おとうと一緒に帰る」

次郎が言う。太郎はかなり肥えてきたが、次郎はまだまだ細身で、背丈も右京亮の胸にもとどかない。

横から又六が言った。

「お屋形さまはな、まだ仕事があるでな。早く帰らぬとお菊さんが捜しにござるぞ」

お菊は右京亮の家の下女である。大女で、力の強いことでは郷でも有名だった。

「お菊はあかん。大嫌いや」

次郎が細く高い声で言い、首をふった。又六は声をあげて笑った。館では、次郎たちとお菊はよく一緒に遊んでいるのだ。

その時、道三さまや、という声がした。

声の方を見ると、侍の一団が大股にこちらへ向かって来るところだった。

豹紋の素襖を着て太刀を帯び、足まわりを草鞋で固めた近習が先にたち、あとに二間柄の槍を持った中間が四人、歩いてくる。そのうしろにいるのは、褐色の頭巾をかぶり、道服を着た老人だった。

老人はやや背は曲がっているが、肩幅は広く、足どりもしっかりしていた。山城守道三である。うしろにも屈強な近習が三、四人ついていた。

その一団は普請に働く人々とはちがい、禍々しい気配をただよわせていた。よく見ると先頭の近習は、素襖の下に黒糸威の腹巻をつけている。後方の近習はあたりに絶えず目を配っていて、獲物を求める山犬のようだった。

自分の城の前を歩くにもこれほど物々しい警戒をするとは、と右京亮はおどろいた。やはりうわさの通り、道三をなきものにしようとする動きがあるのだろうか。

右京亮は太郎と次郎を呼びよせ、背中に隠すようにして地面に膝をついた。百姓どもは地面に額をすりつけ、小さくなっている。

道三はゆっくりと歩き、時々近習に普請の進み具合をたずねた。

右京亮の前を一団が通って行く。一瞬立ち止まる気配があった。

右京亮の背筋に戦慄(せんりつ)が走った。

「ここは誰の持ち場じゃ」

道三の声がした。

「日根野備中(ひねのびっちゅう)が寄子(よりこ)、福光どのにございまするる」

近習が間髪をいれずに答える。

右京亮が顔をあげると、道三と目があった。病気かと思うほど白い顔をこちらに向け、灰色がかった目がこちらを見ていた。それは死んだ魚のような目だった。

「福光か。妙賢（みようけん）のせがれかや」

右京亮ははっと頭を下げた。

「その子はおのしの跡取りきゃあ」

背後にいる太郎のことか。右京亮はどきりとしたが、やむをえず顔を上げ、

「仰せの通りにござりまする」

と答えた。

「よいよい。いい子じゃ。あとで城に来やあせ。喜平次（きへいじ）の遊び相手に

ちょうどいいわ」

右京亮は返答に詰まってだまり込んだ。

道三の一行は、返事も待たずに通りすぎていった。

二

その夜、右京亮の館に叔父の左馬助(さまのすけ)の従弟の次郎兵衛(じろべえ)がきた。

「太郎をいつ鷺山にあげるのか」

と叔父はたずねに来たのだ。

「もうそんな話になっておるのか」

右京亮はおどろいた。

「いや、石谷(いしがい)どのが気をつかってくれてな、道三どのがああ言われたからには、早々に鷺山に参らせるがよいとのことでな」

叔父は、道三の近習である石谷対馬守と昵懇である。

ふむ、と右京亮は腕を組んだ。

「えらいことやのう」

従弟の次郎兵衛も、腕を組んで天井を見上げた。

右京亮の父、妙賢が亡くなったあと、福光家の大事は、この三人で相談して対応を決めている。太郎を鷺山に出すかどうか、話し合いがはじまった。

城に来いという道三の言葉は、言葉どおりには受けとれない。人質によこせという意味だと思わなければならなかった。

しかし、人質などごめんだ。

「聞かなかったことにしようと思うがな。太郎は鷺山に出したくはないでな」

「むこうがだまっておるかの」

叔父が口をはさんだ。

「道三どのは、無茶を言うても、それが無茶やとわからん人やでな。なにをして来るか知れん」

「太郎をさらいに来るとでも言うのか。ならば、しばらくは太郎を門の外に出さんようにするわい」

右京亮が言うと、叔父は白くなった顎鬚（あごひげ）をなでた。

「そうは言わんが、向うから強く言ってきたらどうする」

「そのときは……、仕方がない。はっきり断る」

「出しても、いいのやないか」

叔父がいらついたように言う。

「福光家の跡取りが世間知らずでは困るでな、どうせどこかに一度、奉公させるがよいと思うぞ。それが鷺山でも、おかしくないやろ」

「いや……、それはどうかな」

右京亮は首をひねった。

「道三どのも、少しまえまではお屋形としてたいした勢いがあったが、今はとんといかん。近づかぬほうがよいと思う」

道三が稲葉山城を出て、鷺山に隠居したことについては、それなりの理由がある。敬して遠ざけたほうがいいのではないかと、右京亮は思うのだ。

叔父は言う。

「断れば角が立つ。道三どのが怒ったら、どうなるかわからんぞ。まさかこの館に攻め寄せては来ぬと思うが」

右京亮はだまり込んだ。隠居したとはいえ、執念深さと残忍さで蝮と恐れられた道三だ。叔父の言うように、なにか報復されるかもしれない。

「道三どのににらまれて、福光家はやっていけるか」

「…………」

「子がかわいいからと、情におぼれては、家をあやうくするぞ」

「べつにそういうわけではない」

「ならばよく考えたほうがよいぞ」

たたみかけるように言われて、右京亮はあらためて前にすわる二人を見た。

叔父は目を細めて右京亮を見返してくる。隣の次郎兵衛は、ずっと貧乏ゆすりをしている。この従弟はあまり口をきかず、何を考えているのかさっぱりわからなかった。

右京亮は太い溜め息をついた。

父親の妙賢は、隠居しても下女の尻を追いかけているような世話の焼ける老人だったが、それでも生きているうちは分家の叔父によけいなことは言わせなかった。父が死んで、宗家と分家の力関係は大きく変わったようだ。年かさの叔父が、右京亮に押しつけがましく意見を言うようになっていた。

「叔父貴は道三どのをどう見る」

「どうもこうも、おそがい（こわい）御仁（ごじん）や。さからうなど、考えられん」

それはそうだが、だからといって言うがままになっていいものでもない。とくに今は、もう道三どのの時代ではない。

「道三どのでは近江はおさえられん。義龍どのでないとな」

そういった言葉を聞いたのは、いつだったか。

そう。道三が先の国主である土岐頼芸（ときよりなり）を、大桑（おおが）城から追い落としてすぐのことだった。

主として仕えていた頼芸を、道三はなんの名目もないのに、攻め立てて美濃国から追いだしたのである。追われた頼芸は、近江に走った。

土岐家も近江の六角家も、鎌倉以来の名門である。隣国ということもあって、姻戚関係も密だった。頼られた六角氏は、頼芸を助けて美濃に兵を出した。それは隣国に攻め入るのにうってつけの口実だった。

「山城どのではあかんわ。織田はいいとしても近江も越前もなめくさって、美濃を切り取り勝手にしよう思っとるわ」

それは父の妙賢もしばしば言っていたことだった。実際、道三が美濃の国の実権を握ってから、内乱と隣国からの侵入がしばしば起こっていた。

「道三どのは合戦は強いがのう。なにしろお主殺しが得意な御仁じゃ。それに京の法華坊主落ちが種やとわかっとるで、ついて行けんわ」

それが美濃の国侍の代表的な意見だった。

そんな道三を隠居させて、その子の義龍を擁立しようという動きがでたのが昨年のことで、日根野備中守、日比野下野守といった面々が、道三を稲葉山城の一隅に取り詰めて隠居を承諾させ、鷺山城に押し込めたのだった。そのあとから、美濃国中は静かになっていた。

とはいえ、まだまだ道三には力がある。

「さからわぬがよい。家のことを第一に考えたら、人質くらいやむを得ぬ」

叔父は軽く言ってくれるが、はたしてそれでよいものか。

「行儀見習いに出すと思えばよいわ。太郎にとってもよいことよ」

自分の子でないから、そんなことが言えるのだ。

どうもいやな展開だった。

「ま、考えておこう。そう急ぐ話でもあるまいて」

不満そうな顔をする叔父たちをひとまず帰したが、そのあとで、

「鷺山の道三どのが太郎を所望とは、まことかえ」

と妻のねいがきいてきた。

「聞こえたか。さようや」

「まさか出しはすまいね」

右京亮は小声でこたえた。

「ああ。いまのところはな」

「いまのところって……」

ねいが顔を曇らせたところに、次郎がやってきた。

「兄者、鷺山のお城へ、行くの？」

「あっちへ行ってな」

ねいが言うが、次郎は聞かない。

「兄者がいなくなるの、いやや」

「これ、なにを言う」

「兄者、うちがいい！」

口をとがらせ、いまにも泣き出しそうな顔になっている。

「武士の子がなんて顔や」

右京亮は次郎の頭に手をやった。

「まあ心配するな。だまっていれば、道三どのもいずれ忘れよう」

ぐずつく次郎とねいのために、気休めとわかっていても、そう言わざるをえなかった。

鷺山城の普請は二月いっぱいで終わった。あとは塀を修繕したり足軽長屋を建てたりする作事が残っているが、それは専門の番匠たちの仕事だった。

三月に入ると春らしい暖かさは感じられるものの、霧雨が何日か降りつづくなど、曇りがちな日が多くなった。それでも桜が咲き、木々が芽吹いて、濃尾平野の景色を枯れ草色から鮮やかな緑へと変えていった。

右京亮は朝早くから下人の与三衛門をつれて井水の見回りに出かけた。

「ちゃんと水は来とりますわなも。気いつけて見とりますで」

与三衛門の言う通り井水の取水口には何ごともなく、右京亮は安堵(あんど)した。鳥羽川に堰(せき)を作っているため、渇水期には下流や対岸の村と水争いになることがあった。その時に真っ先に狙(ねら)われるのは堰なのである。

「油断ならぬでな。そろそろどこも水が欲しいときやろ」

「今年は、気をつけて見ておりますで」

去年は梅雨が遅く、田植え後に水不足になったことがあった。その時に一夜にして堰を壊された。下流の方県郷(かたがたごう)か正木郷の仕業に違いなかったが、犯人は判らずじまいだ。

今度そんなことをしたら、弓矢にかけても下手人を捜し出す、と福光の家から正木郷と方県郷に申し送っているが、反応は鈍い。

「みんなもう苗代(なわしろ)は作っておるのか」

「もうじきですわな。麻畑の手入れが先やで」

「種籾(たねもみ)は？　もう池に浸してあるのか」

「気の早いことや。まだ水が冷とうてあかんで。お殿様は、米の心配ばっかりしなさるが、百姓には米ばっかりでなくて、ほかにも作るものがあるで」

与三衛門が笑って言う。譜代の下人で、右京亮が子供の頃から福光家の農地を見ているだけに、右京亮も与三衛門にはかなわない。

その夕刻、石谷の源七郎どのから使いの者が来た。

石谷の家は鷺山から一里（約四キロ）ほど北にある。

福光家とおなじように土岐家の血をひいており、福光家とも時々嫁(よめ)

娶り、婿娶りをしていた。今の当主は対馬守だが、いずれはこの源七郎が跡を継ぐことになる。

右京亮は苦い顔になった。用件はわかっていた。こちらは農作業のいそがしさにとりまぎれて頭の隅に追いやっていたが、道三方は忘れていなかったということだ。

――余計なことを。

まったく迷惑な話だった。

しかし会わずに追い返すわけにもいかない。広間に通しておけ、と言わざるをえなかった。

使者は広瀬玄蕃と名乗った。右京亮は男の名前は知らなかったが、戦場で石谷の馬廻りにいるのを見たことがあった。馬上にいたから、おそらく石谷の一統なのだろう。

話はやはり太郎のことだった。道三どのが末子の喜平次どのの学問相手にと望んでいる、ぜひ鷺山へまかり越し願いたい、と広瀬玄蕃は手をついて言った。

右京亮は皮肉のつもりでたずねた。

「うわさでは、喜平次どのの相手はもう十人が上もおられるとのことやが、それでも太郎を御所望なんやろか」

広瀬玄蕃はそれには直接答えず、

「いまでも美濃で一番の弓取りは道三さまにござります。天文十三年（一五四四年）の大戦は道三さまでなければ勝てなんだ。それはおまえさまも否やはありますまいて。尾張や近江の兵を押さえられるのも道三さましかおられまい。隠居したとはいえ、ことあらば道三さまに御出馬願わねば、どうもならんで」

と、釣り上がった目と硬い表情でまくしたてる。右京亮の声に耳を貸そうとは、まるで考えていないようだ。

「申し越しの条、あいわかったゆえ、よく勘考させてくだされと、石谷どのには伝えてもらえんやろか」

口の端に泡をためていつまでも言葉をつづける広瀬玄蕃に辟易(へきえき)して、右京亮はそう言った。あとで、せがれは病になった、とでも言えばいいだろうというつもりだった。

広瀬玄蕃が帰ったあと、右京亮は疲れとともに怒りを感じた。石谷の源七郎が直接来るならいざ知らず、その家臣に押しまくられてしまったのだ。不快な気持は容易には消せなかった。

「いよいよ来たねえ」

ねいが横にすわった。

「太郎、出すの」

「…………」

「べつに合戦があるわけでもないし、鷺山に出しても命に関わることはなさそうやねえ」

「まあな」

「でも、なんだか出したくない。虫の知らせやろか。悪い予感がするの」

「しかし、出さざるを得ないかもしれん」

「……家のため？」

「家のため、領地のため……。太郎のためにも」

ねいは眉根をあげて右京亮を見た。

「太郎のためにはならないでしょう。手習いなら、寺にあずけたほうが……」

右京亮は口をひき結んだ。ねいの言うことが道理だからだ。

それにしても、ふたりともよく育ってきたものだと思う。

太郎が生まれた直後には隣国の尾張と越前から大軍が攻めてきて、近くの稲葉山城をめぐって合戦になったし、ようやく撃退したと思ったら、その三年後にもまた尾張の織田勢が攻め込んできた。

どの合戦でも負ければ領地を奪われ、暮らしが立たなくなる。この子らも悲惨なことになると思って、懸命に戦ったものだ。

さいわいなことに勝ってきたが、どの合戦も勝敗は紙一重だった。それを考えると、いまの暮らしが夢まぼろしのように思えてくる。いつ壊れても不思議ではないのだ。

「ともかく、覚悟はしておけ」

「……はい」

右京亮とねいは太郎の寝所へ行き、その寝顔をのぞいた。軽い寝息をたてている太郎をしばらく見てから、そっと自分たちの寝所へ向かった。

三

崇福寺まえの参道には乞食が群れていた。

ぼろをまとい、ふくれた腹を抱えて参道の脇にすわり込んで、顔にたかる蠅を追うこともしない。大半は地面に寝転んでいるが、上体を起こしている者も、すぐそばを通る右京亮の一行を見ることもなく、無表情なままじっとしている。

右京亮は馬上にあった。

「崇福寺では施餓鬼をするんかの」

馬の口をとる又六にきいた。

「この冬は粥を振る舞ったげな。洪水で田畑を流した百姓どもが、えらく喜んだそうや。しかしもう春やし、今はやっておらぬと聞いておりますわなも」

「ならばなにをしておるのや」

「どこにおっても一緒やで、粥がもらえりゃもうけものと思うておるんやあろまいか」

又六はそう言って額の汗をぬぐった。皮笠は背中につるしているものの、桶胴（おけどう）の腹巻に臑当（すねあて）、右京亮の馬上槍を肩にかつぎ、腰には二本差しという姿では、半里も歩けば汗まみれになる。

右京亮も紺糸威の腹巻に、立物のない兜という姿だった。

従弟の次郎兵衛も馬に乗っており、ほかに五助や藤吉など、館の郎党を三人、それにオトナ百姓の旗持ちや槍持ちを二人、合計八人の一団である。

右京亮だけではない。日根野備中守を寄親とあおぐ一党三百人あまりが、具足に身を固めて、長良川の向こうの稲葉山をめざしていた。

下福光の館を出たときには朝もやが立ち込めていたが、すでに太陽は高くなり、長良川の河原には陽炎(かげろう)が立っていた。その向こうには稲葉山がそびえる。頂上から山腹にかけて、いくつかの曲輪(くるわ)が見えた。

日根野備中守はまだ三十歳前であったが、義龍の側近をつとめている。昨年の、道三引退、義龍擁立を仕掛けたのも、日根野備中を含む若手の奉行たちだった。

浅瀬を渡る順番を待つ軍勢の中に、右京亮は日根野備中守を見つけ、声をかけた。

「また急な沙汰(さた)で、今ごろ着到(ちゃくとう)調べとは、なにかあるのやろかいのう」

着到調べとは、地侍の軍装検査である。

国主は地侍に本領を安堵するかわりに、安堵した所領に見合った兵や装備を準備することを要求する。右京亮たちも、年に一回は義龍どのの面前で軍備の検査を受けるのである。

「近江も越前も油断ならぬで、常の備えってものかいのう」

右京亮より一回り大きな体格の備中守は、がっしりした大きな顎から地響きがするような大声で答えた。

「また福光どのは、渋い顔をしてござるのう」

備中守の異母弟、弥次右衛門（やじえもん）が話に割り込んできた。これも兄におとらぬ大声の持ち主だ。

「ときに福光どののところは、このところ道三どのと懇意のようじゃの」

弥次右衛門から問われて、右京亮ははっとした。

「せがれを所望とのことで、使いの方が見えましたわい」

右京亮は正直に言った。隠すようなことでもないと思っていた。

「それで、どうするおつもりやな」

「どうもこうも。えらいご執心で」

弥次右衛門はじろりと右京亮をにらんだ。そして「そうか、ご執心か」と声を低くして言った。

なんとなく引っかかるものを感じたが、弥次右衛門はそれ以上、なにも言わなかった。

稲葉山城は、高さ百丈（約三百メートル）の稲葉山全体を使った巨大な城塞だった。

頂上の本丸だけではなく、百曲りと七曲りと名付けられた二つの登り道の要所にも曲輪があった。麓には広い館があり、その前には井の口の城下町がある。

麓の館の前で斎藤治部大輔（じぶのたいふ）義龍の引見（いんけん）を受けた。

「下福光が住人、福光右京亮どの、馬上二人、弓持ち一人、指物持ち一人、槍持ち二人、徒歩立ち（かちだ）二人にてござあーりますう」

奏者がうたうように言った。右京亮の一行は義龍の前にまかり出た。

義龍は恐ろしいほど大きな男だった。七尺（約二・一メートル）近い身長に、幅広な上体を持っている。父の道三はそれほど大柄な男ではない。生母の深芳野（みよしの）の方が人目に立つほど大柄なため、母方の血だと言われているが、父とのあまりのちがいに、道三の実の子ではない、というう わさも流れている。

「この着到、相整ってござりまするーう」

しばらくして奏者が検査の合格を告げる。義龍どのはその糸のように細い目をさらに細くして、うなずいたように見えた。

右京亮たちは義龍の御前をしりぞく。その背後で、奏者は別の者の名前を告げた。

帰りがけに濁り酒を振る舞われ、一行はよい機嫌になって井の口の町を歩いた。

夕刻前に下福光の館に帰りついたが、どことなく館の様子がおかしい。

門は半開きになっているし、中から怒鳴り声が聞こえてくる。あれは叔父の声だなと思いつつ、右京亮は門をくぐった。

「石谷が、えらい勢いでござったがね」

具足を着けたままの右京亮に、迎えに出てきたねいが興奮を隠さぬ顔で言った。

「今日こそは太郎を出してもらう、でなければ主命に逆らう気であると勘考せざるをえぬ、言うて。家来を十人ばっかし引き連れて、もう戦でもあるのかと、びっくりして……」

「で、叔父貴はなぜここにおるのや」

そこに出てきた左馬助に右京亮はたずねた。

右京亮が着到の検査に出て留守なことはわかっているはずなのに、

なぜわざわざ来ているのか。

「知れたこと、石谷をつれてきたのよ」

「……それで」

「石谷は顔を真っ赤にして帰ったぞ。福光どのは舌を二枚持っとるかと言うてな。そなた、約束したのではなかったのかや」

「まさか」

「しかし石谷はその気やったぞ」

「……叔父貴も、そのつもりか」

「向こうも本気や。出さぬと、おそがい目にあうかもしれん」

おそがい目、という言葉にかちんときた。

「坊主のせがれなどに本領安堵してもらわんでも、うちは土岐の末(すえ)、誰が何と言おうとここの在所はうちのもんじゃ」

「そんなことを言って通じる相手でないことは、よく知っておろうが。あやつがどれほど残忍で悪逆か。長井の棟梁はどうなった？　あいつに殺されて、領地はみんな取られてしまったじゃろ。前のお屋形も、結局お子らをみんな殺されて、美濃をおん出されて、今は尾張におるのか近江におるのか、わからなくなっておる」

　叔父の顔は上気している。

「棚橋（たなはし）の総領は、尾張に内通しとる言って討たれたし。あやつは平気でそういうことをやるんや。逆らうとうちも潰（つぶ）されてしまうぞ」

「そんなに言うのなら、そなたの子を出せばよい！」

　ねいが大声を出した。

これには叔父もおどろいたようで、顔をこわばらせた。

「そなたはだまっておれ」

と右京亮はたしなめ、叔父に向きあった。

「お話はわかり申した。石谷にはいずれ返事いたそう」

「いずれって……」

「いずれはいずれ。そのうちに」

「それで話が通じると思うのか」

叔父が右京亮に詰め寄ってくる。右京亮もゆずらない。にらみ合いになった。

そこに横から、子供の声が聞こえた。

「鷺山のお城、行ってもいいよ」

「太郎！」

ねいが悲鳴のような声を出した。

「揉めてるんでしょ。行くよ」

太郎は寂しげな笑いをうかべている。

「ちょっと前には行きたくなかったけど、お城の中ものぞいてみたいし」

「大人の話に口をはさむな」

「でも、おらのことでしょ」

太郎は目をくりくりさせて言う。背丈こそ右京亮の目のあたりまでになっているが、細い首と澄んだ目はまだまだ子供だった。

「おお、よう言った。それでこそ福光の跡取りじゃ」

破顔する叔父の前で、ねいは困った顔をしている。

「どうせそろそろ寺へ入れられて、読み書きの稽古でしょ。それより城のほうがいい」

「そうじゃそうじゃ。城へ入れば教えてもらえよう」

叔父がたきつける。

「余分な口出しをするな！」

右京亮はそう言って太郎をどんと押した。

「わぬしはすっこんでおれ。親の言うことを聞いておればよいのや」

太郎はひっくり返りそうになり、半べそ顔で部屋をさがった。

「あそこまで言わずとも」

叔父が帰ったあとで、ねいが眉をひそめた。

「なに、生意気なことを言わせてはならぬ」

そうは言ったものの、右京亮の心もかたむいていた。

――どうせどこかへ行儀見習いに出さねばならん。鷺山でもいいか。それですべて丸くおさまる。道三どのも、よもや子供まで酷(むご)いあつかいはしないだろう。

「一年、と年期を限るか。さすれば人質とはならぬ。一年限り、喜平次どののそばにお仕えするのじゃな」

そのあたりが落としどころではないかと、右京亮も考えざるをえなかった。

## 四

その年の夏は洪水も渇水もなく、平穏なままにすぎていった。合戦もなかったし、どうやら飢饉もなさそうだと人々は安堵していた。あとは刈り入れを待つばかりだった。

福光の館は、静かになっていた。夏の終わりに、太郎が鷺山の城へあがったのだ。

「たまに暇をもらって、帰ってこい。すぐ近くやし、さほどうるさくもなかろう」

五助をしたがえて城へあがる日、右京亮は太郎に言った。

「身体に気をつけて。具合が悪いと思ったら、すぐ宿下がりを申し出るのや」

ねいも母親らしいことを言う。

太郎はねいをまぶしそうに見て、「わかってる」とだけ言った。

「たのむぞ。よく面倒をみてやってくれ」

五助に言うと、「へい、承知でござりまする」と頭を下げる。その口調があまりに軽かったので、「しかとたのんだぞ」と念を押した。

荷をくくりつけた馬と、背負子(しょいこ)を負った五助とともに、太郎は鷺山の城へ向かった。

「心配するな。一年限りじゃ。一年で帰って来るわい」

怒ったような顔をしているねいに言ったが、

「あの子ははねっ返りのところがあるから、お城でちゃんとやっていけるかどうか」

と言って、ねいはいつまでも太郎の後ろ姿を見ていた。

秋になると、一斉に始まった刈り入れと、それにつづく籾干しなどの農作業に追われた。

刈り取った稲藁がはさにかけて干されると、下福光一帯の風景は黄金色となった。

目の前の鷺山は、木々の葉が落ちてくすんだ色合いとなったが、南側の道三の屋敷があるあたりだけには紅葉が散らばり、人の手が入っていることを示していた。右京亮は野良を回る間に立ち止まり、鷺山の屋敷のあたりをじっとにらんでいることが多くなった。

十一月も半ばを過ぎると、冷たく乾いた伊吹おろしの西風が吹き、百姓のあばら屋の屋根にも白いものがおりた。百姓たちは夏のあいだ開けていた窓を板と泥でふさぎ、藁にくるまり、身を寄せ合って寝る。

福光の家ではねいが袷を縫い、鷺山城の太郎に届けさせたが、その使いに行った家人は、五助から伝言を持ち帰ってきた。

「近ごろ、稲葉山の義龍さまはご病気のようで、とんと表に出てこんそうな。そういううわさが鷺山でひろまっているとのことで」

「病気？　何の病気や」

「さあ、そこは」

「ふむ。見舞いをせねばならぬか。しかし日根野どのからはなにも言うてこぬな」

五助もあやしげなことを言う、と右京亮は思った。

それから二、三日して、右京亮は領内の百姓から注進を受けた。

「今朝、鷺山のお城から孫四郎さまと喜平次さまが、長良川のほうへ行かれたようで」

「それがどうかしたか。馬責めでもしてござるのやろ」

「それがお供がついて、えらい勢いやった。なにか急ぎの用事と見受けられましたが」

鷺山城から出たのは五、六騎と従者十人あまりのようだった。その集団が掘割ぞいに東へ向かい、崇福寺のところで長良川を渡った、と言う。

「稲葉山城へ行ったのか」

右京亮は首をひねったが、すぐに先日の鷺山からの伝言を思い出した。義龍どのは病気なのだ。弟たちは見舞いにいったのだろう。

だが、ひどく急いでいたというのが気にかかった。ただの見舞いならば急ぐことはないはずだ。

へんだなとは思ったが、それ以上、深く考えることもなかった。若い兄弟だから、必要以上にはしゃぐこともあるのだろうと思ったのだ。

そうしているうちに日が暮れ、夕餉となった。大根を炊き込んで味噌をすり流した雑炊（ぞうすい）を口にし、明日の農作業の段取りを考えていたところだった。

「貝、貝やないかね」

それまでだまって塩漬けの菜を口に運んでいたねいが、急にそう言い出した。

「貝？」

右京亮ははっとして耳を澄ました。

虚空をかき乱すようなほら貝の音が、たしかに聞こえる。

「陣触(じんぶ)れや！」

右京亮は一度、飯椀(わん)をおき、それから今度は取りなおすと、あわてて雑炊をかき込んだ。

「具足を出せ。又六に言ってみなを集めよ。与三衛門には馬を引くように言え」

右京亮は矢継ぎ早にそう言うと立上がり、奥の居間のほうへ駆け出した。

鎧直垂(よろいひたたれ)を着込み、目の前に置かれた具足櫃(びつ)に手をかけたが、そこで右京亮は考え込んだ。

どうもおかしい。

陣触れに急かされて用意をしているが、果たしてこれは何なのだろうか。

あの貝は鷺山城からのものだが、道三は隠居城に兵を集めてどうするつもりなのだろうか。尾張や近江から敵兵が侵入してきたというのなら、稲葉山から触れがあるはずだ。

「手配り、終わってござるで」

郷中を駆け回って陣触れを伝えてきた又六が、廊下の敷居に手をついて言った。

右京亮は又六に命じた。

「苦労じゃが、日根野どのの屋敷へ行って、下知をもらってきてくれ。鷺山で貝を吹いてござるが、そちらへ参上するのでよいのかどうか」

「正木ですな。承知いたした」

又六は飛んでいったが、小半刻もしないうちに、息をきらせて屋敷に走りもどってきた。

「えらいことや。正木の屋敷は空(から)や」

「空とはどういうことや」

「誰もおりませぬ」

「なに！」

「近所の百姓の話やと、ゆうべ屋敷がえらい騒がしかったのに、朝になってみると誰もいなくなっておったと。ゆうべのうちにみなどこかへ行ってしまったとのことでござる」

右京亮は驚いた。武士が自分の館を空にしてしまうというのは尋常ではない。

「どこへ行ったかわからんのか」

「お城ではないかと百姓は言うんやが」

「城？　稲葉山か」

なぜ日根野備中が一族をあげて城に籠らねばならないのか、さっぱりわからない。

「油断せず見張りをしておけ」

右京亮はそう命じて、馬にのって日根野の屋敷へ行ってみた。しかし又六の言うように、人の気配はどこにもなかった。

日根野備中の屋敷が空というのは、どう考えてもおかしい。だがいくら考えても、なぜなのかわからない。

「合戦か。どこへ出陣じゃ」

「敵は、誰じゃ」

館にもどると、呼びあつめた叔父のほか郎党に問われたが、右京亮にはこたえられない。出陣もかなわず、館の守りを固めるだけだった。

結局その晩は、館から動けなかった。

夜になってみると、鷺山城はあかあかと松明を焚き、空が赤くなるほどだった。対する稲葉山城は、いつもと同じように静まり返っていた。

「今夜は交替で寝ておけ」

赤く染まった西の空と、闇のままの東の空を見ながら右京亮は又六に言い、自身も臑当と籠手をつけ、いつでも甲冑を着けられるようにしてから仮眠をとった。


右京亮の眠りは、夜明け前に又六の声で破られた。

「殿、殿、井の口の方が燃えておる。真っ赤じゃ」

跳ね起きて門の矢倉に登って見ると、東の空が赤い。稲葉山がその明りに照らされて、揺れているように見える。時々風にのって、雄叫びのような声が聞こえてくる。

「夜討ちか。どこの軍勢じゃ」

右京亮はぞくりとした。また合戦がはじまるのだ。

「城は、無事でござろうか」

「なんの。町を焼いとるだけじゃ。城を裸にしておるのやわ」

右京亮は藤吉を起こして、館の見回りをするように言った。

「足軽どもが火事場稼ぎにくるかも知れん。門をよく守っておけ」

朝になると、だんだんと事情がわかってきた。

まず、井の口から逃げてきた商人の口から、焼き討ちをした軍勢が美濃の衆であることがわかった。そして焼き討ちのあと、伊自良街道を北へ向かったことも。

「鷺山で貝を吹いて軍勢をあつめてなさったが、あの軍勢が井の口を襲ったのか」

そうとしか考えられなかった。しかし軍勢が移動したのは真夜中だったらしく、近在には気がついた者はいないようだ。

「しかし、なぜ道三どのが井の口を焼くのや。考えられんぞ」

叔父が言う。右京亮にもわからない。

「そりゃ稲葉山を追われ、隠居させられたのや。意趣はふくんでおったかもしれんが、それにしても焼き討ちまでは……」

そうしているところに、又六が来て膝をついた。

「日根野備中どののからの使いと申す者が、門前に」

右京亮はほっとした。

「すぐにこれへ」

又六が消えると、入れ替わりに鎧兜に身を固めた武者が、庭先にあらわれた。

「義龍どのにお味方あるべし、とのことや。早く稲葉山に参られい」

右京亮も見知っているその使いは、口調も荒く言った。

「敵はどこでござるか」

右京亮は問い返した。

「まだ知らぬのか。きのうの晩に、孫四郎どのと喜平次どのは、うちの殿が討ち取ったのや」

「なんやと！」

叔父は頓狂な声をあげた。

「……日根野どのが、孫四郎どのと喜平次どのを討ち取ったと申すか」

信じられなかった。宿老のひとりが、主君の弟を討ったということになる。

「さよう。わが殿が討ち取ったわい」

「なぜまた……」

「道三どのは義龍どのをなきものにして、孫四郎どのを跡に据えようとしたで、先手を打っただわ。これから道三どのとひと合戦することになろう」

「道三どのとひと合戦……」

道三と義龍の対立は、うすうすと感じていたこととはいえ、あまりに急な展開に、右京亮はたじろいだ。

「しかし……、隠居したお方が跡取り息子に弓引くなんぞ、聞いたこともないが」

そう言ってから、右京亮は気づいた。

鷺山城の修理もおかしなことだった。隠居城の濠を深くする必要などないはずなのだ。そして十何人もの地侍の子弟を集めているのも、不思議だった。それもこれも、国内を二つに割る戦の準備と考えれば納得がゆく。

そうとわかってみると、右京亮の立場は極めて危ういものだった。

「早く支度をして稲葉山へ参られよ」

と言い残して使いは去った。

「どうする、惣領よ」

叔父がためすように言う。

「これでなにがどうなったか、みな明らかになったわい。さあ、福光の家はどう動く」

「……まだ、わからん。日根野どのの話を鵜呑みにはできんぞ」

右京亮は又六たちに、鷺山城と近くの地侍の館の様子を探らせた。

物見は次々と帰ってきた。

「鷺山城は幟や旗が翻っていて、どうやら石谷どのが詰めておられる様子」

「早田の彦十郎どのは稲葉山へ参ったげな」

「土居の殿も稲葉山やということやで」

「城田寺は鷺山どののお味方やと」

右京亮はうなった。敵味方は分かれ、情勢は混沌としていた。

寄親の日根野備中守が義龍側である以上、右京亮だけが道三側につくわけにはいかない。だが太郎が鷺山城にいる以上、右京亮が義龍側につけば、太郎は殺されると見なければならない。

それも道三のことだから、どんな残酷な殺し方をするかわからない。

それよりも嫡子が道三側に取られていることで、義龍側から内通者と見られて右京亮自身が殺されるかもしれない。

「まさか鷺山を敵にまわすのやないやろうね」

ねいが奥からでてきて、険しい表情で言う。

「おなごはだまっておれ」

「そんなわけにいかぬ！」

ねいも必死だ。

「太郎をどうするつもりや。見捨てるつもりかえ」

「…………」

「そなたがすすめたのやろ。鷺山へだせと。どうするつもりや」

叔父に突っかかっている。

「あのときは、仕方がなかった」

「なにがあのときは、や。そのくらい見通しもせずにすすめたのか！」

具足姿の叔父に詰め寄るねいを、さすがにほうっておけず、

「そなたはさがれ。悪いようにはせぬ」

と命じた。ねいは鋭い視線を叔父に浴びせ、奥へさがった。

「ともあれ、勝つほうへつくことよ。それがわからねば、ふたつに分かれるのもよいかもしれん」

叔父は言う。

「わしが稲葉山へ、惣領が鷺山へついてもよい。どちらかの家は残る。勝ったほうが、負けたほうについた家を潰さぬよう、陳弁することもできるしな」

自分に都合のよいことを言うやつだ、と腹が立ったが、仲間うちで争っている場合ではない。

「とにかく、どちらが優勢か、様子見や」

右京亮は言う。

「わかるまで時を稼ぐ。それしかあるまい」

「そううまくいくかな。ここは鷺山と稲葉山のちょうどまん中じゃ。どちらも捨ててはおくまい」

叔父が追いかけてきて、さらに言いつのる。

「どちらの味方かはっきりさせねば、すぐに攻め潰されるぞ」

「…………」

たしかにそうだ。この家だけ中立で過ごせるはずがない。早急に、どちらにつくか決めなければならない。

「悪いことは言わぬ。道三どのにつけ。さすれば太郎も安泰じゃ」

「そうはいくか！」

なにを考えているのか、と怒鳴りたいところだった。

道三が不利なのは、見えているのではないか。稲葉山城という巨大な城に拠って、奉行たちを味方につけた義龍が、戦力では圧倒的に有利なはずだ。勝とうと思えば、義龍側についたほうがいい。しかしそれでは太郎が犠牲になる。だから悩んでいるのではないか。

「叔父貴は石谷の者と昵懇やそうやが、それだけで家の進退は決められぬ」

叔父はむっとした顔になる。

鷺山城からの使いがきたのは、その直後だった。

槍と弓をもった十数名の一団が、門前から大声で呼ばわっていると、又六が注進にきた。右京亮は門まで出向かねばならなかった。

「福光どのは何しておざる。早くこちらへ参らんか。道三どのに馳走せえ。親に歯向かう愚か者を成敗するのじゃ」

というのは石谷源七郎の家来、広瀬玄蕃だった。黒革威の甲冑に身を固め、馬上から怒鳴っている。

「こちらへ参れば本領安堵のうえに正木郷を進ぜるげな。勘考するまでもあらへんやろ。子のことも気になるやろし」

広瀬玄蕃はそこでかすかに笑った。その笑いの意味は……。

「……太郎は達者でおるかな」

右京亮は我慢できず、たずねた。

「おう、おとなしく読み書きをしてござるで。これはその」

と一通の書状をとりだした。

「太郎どのの書いたものじゃ」

受けとってあわてて開くと、くるみほどの大きさの、下手な文字が目に飛びこんできた。

一ふでまいらせそろ

たっしゃにてくらしそろ
おこころやすくあればうれしくそろ
　　あなかしく　　　　たろう
おちうえさま
おかうえさま　　　　まいる

まっすぐに書けず、左にくねったような並びに、字の大きさも不ぞろいだった。

「太郎の字か……」

いつの間にかねいが来ていて、右京亮から紙をひったくった。

「これを、太郎が……」

そう言っただけで、口をきっと閉じ、眉を寄せた。

ちらりと広瀬玄蕃を見ると、薄笑いをうかべている。

なるほど、人質をとられるとはこういうことかと、右京亮はやっとわかった。

「道三どのへのあいさつは、またのちほどに」

広瀬玄蕃には、それだけを言うのがやっとだった。

「すぐにもまいられよ。太郎どのがどうなってもよいのか」

「のちほどに！」

広瀬玄蕃はむっとした顔になった。

「太郎どのの首だけになった姿が見たくなければ、こちらに参られることや」

と言い捨て、馬首をめぐらせた。

――太郎の首、だと。

右京亮の中でなにかがはじけた。

「待て」

呼び止めたあとは、すらすらと言葉が出てきた。

「帰って道三どのに申しあげよ。われらは稲葉山にお味方するとな」

ふり返った広瀬玄蕃は目を細めた。

「人質がどうなってもよいとの覚悟か」

「太郎は人質ではないわ。あれは喜平次どのに仕えておるだけじゃ。

それゆえわれらが稲葉山にお味方しても、裏切りではない。家の名をはずかしめることもないわ」

「…………」

「太郎とて侍の子じゃ。覚悟はしていよう」

「おのれ……」

「わかったらもう来るな。いまからは敵味方ぞ」

右京亮の声が終わらないうちに、又六が右京亮の横について槍を構えた。

「ふん。後悔するぞ」

広瀬玄蕃は馬を返し、兵たちとともに去っていった。

「なんてことを！」

ねいが声をあげた。

「これで鷺山を敵に回したわい。すぐに攻めてくるかも知れぬぞ」

と叔父がわめく。

「屋敷をかためよ。油断せずに見張れ」

右京亮はみずから門を閉めた。

「あれではもはや様子見などしておれん。ああ言うしかなかった。どっちつかずでいると、稲葉山からも疑われるわい」

「太郎が！　太郎をどうなさるつもりじゃ」

ねいが右京亮の手を引く。

「やむをえん。家が大事や」

右京亮はねいの手をふり払った。太郎ひとりのために、一族郎党何十人を負け戦に導くわけにはいかない。右京亮とてつらいが、それは今、言うわけにはいかない。

「稲葉山へ使いを出すぞ。鷺山が敵になったゆえ、この館を出るわけにはいかぬとな」

そう命じて支度をはじめたところへ、また一隊の人馬がきた。

上意というので門に出てみると、朝、顔を見せた日根野備中の家来だった。馬を駆けさせてきたのか、兜の下の顔が汗ばんでいる。そのまま門前で下馬もせず、言い放った。

「今日の軍議で、鷺山城の押さえに福光どのの館がちょうどいいと、いうことになり申した。ゆえにわが殿がもうじき手勢を引きつれてまいる。支度なされ」

右京亮はおどろいたが、考えてみれば自然なことだった。

道三は長良川の上流にある大桑の城にはいったとのことだった。道三の手の者は、伊自良街道筋を押さえるつもりのようだ。となると鷺山城はその先鋒である。そして福光家の館は、鷺山から五町（約五百四十五メートル）あまりしか離れていない。

稲葉山側がここを確保すれば鷺山の動きを牽制できるし、大桑へ攻め上るのも容易になる。稲葉山の義龍がこの館を見逃すはずはなかった。

大将のために母屋の部屋をあけたり、下人小屋を兵舎にしたりと、兵を受け入れる支度に追われたが、そのうちに気がついた。

——これは悪くないかもしれん。

義龍方が鷺山城を攻めるなら、その先鋒となって城に入れば、あるいはこの手で太郎を救い出せるかもしれない。道三方にしても、すぐに太郎を処刑するとも思えないから、数日中に攻め込むことになれば……。

待つほどもなく、日根野備中の軍勢がやってきた。二列縦隊が長々とつづいている。二、三百名はいるだろう。

「この館、しばし借りるぞ」

そう言う日根野備中のいかつい顔を見たとき、太郎のさびしげな顔が目の前に浮かんで、右京亮は一瞬、言葉を失った。

「福光どのはいつも煎じ薬を飲んだような顔をしてござるが、今日は一段と苦い薬を飲んだようやの」

日根野備中はそういうとぎろりと右京亮をにらみつけた。

「明日は城を囲むぞ」

「……攻めるので」

「おおさ。そのために来たのじゃろうが」

明るい光が見えた気がした。

「ならばそれがし、一番乗りをつかまつる！」

右京亮は大声を出した。

## 五

翌日、暗いうちから屋敷うちは大変な騒ぎになった。

日根野の軍勢は館の内外で炊煙をあげ、出陣の支度をはじめている。

右京亮は右京亮で、自分がひきいる兵たちには腹一杯に飯を食わせ、蔵から出した陣笠や胴丸をつけさせ、兵糧を持たせねばならなかった。

ねいは下人や下女を声をからして指図し、屋敷のうちを飛び回った。

右京亮はひとことも口をきかずに出陣の支度をした。

やがて八人が座敷にそろい、ねいにうながされて右京亮は上座にすわった。

めいめいの前に置かれた膳には、勝栗（かちぐり）と昆布（こんぶ）がのせてある。

「いよいよ出陣じゃ。油断するな。みなの武運を祈る」

右京亮はそう言ったあと昆布を口に放り込み、栗を割った。皆もそれにならった。

先手として出陣すると、鷺山城の手前の松林に、右京亮の一統はひそんだ。

そのあたりはやや小高くなっており、長良川が洪水になっても水没しないところだった。

右京亮は又六を松の木に登らせ、鷺山城の様子をさぐらせる。

朝日がのぼり、あたりが明るくなったとき、日根野弥次右衛門が手勢をつれてやってきた。

「どうじゃ。なにか動いているか」

「なにも動いておりませぬ。静かに待ちかまえている様子で」

右京亮は答えた。

日根野の手勢が来て、松林の中はそこここに幟や旗がたち、馬のいななきや甲冑の触れ合う音で騒がしくなった。もちろん、右京亮も福光家の旗を立てている。

あの中には太郎がいるはずだった。

なにかの拍子でこの旗が見られないだろうかと、祈りに似た気持ちになる。

右京亮はまた頭上の足軽に聞いた。

「城はどうじゃ」

「旗や槍が動いとりますで。何人か山から下りてきておりまする。矢倉の上の人数も増えております」

鷺山の南端には濠と土塀に囲まれた曲輪があり、頂上に砦(とりで)があった。いざ城攻めとなれば、麓の曲輪を捨てて頂上の砦にこもり、抗戦することになる。だがまだ曲輪を捨てていないらしい。

城には石谷対馬守が籠っている。人数は、せいぜい百人といったところのはずだ。

日根野弥次右衛門は人数を二手に分け、一方を林の中に埋伏させ、一方を曲輪の正面に向かわせた。うかつに城兵が出てくれば伏兵を使って押し包んで討ちとろうというのだ。

右京亮は日根野弥次右衛門のひきいる百名とともに、曲輪の正面に向かった。弓を持ち、足軽のさしかける楯に守られつつ、門を目指して腰を屈めながら歩いた。

太陽はまだ昇りきらず、右手を進む味方の影が長く地面に伸びていた。近付くにつれて呼吸が荒くなり、胸が抑えようもないほど大きく打つのを覚えた。

「石谷対馬守どのに物申す。わしは日根野弥次右衛門じゃ」

門まであと二十間（約三十六メートル）ほどに迫ったところで、日根野弥次右衛門が大音声で呼ばわった。

「最後まで道三どのにお味方する忠義の条、感じ入るばかりじゃ。やが義龍どのには道三どのの十倍にあまる兵がついておる。道三どのの負けは必定、この城もすでに囲んだぞ」

そこで言葉を切って、塀の中の反応をうかがった。

城はしんとしている。矢倉の上の兵どもも静まりかえっていた。

「城を明け渡しなされ。明け渡せばこの日根野弥次右衛門、石谷どののお命と本領安堵は請け合って申すで。益もなき取り合いに命落とすは愚かなことやで」

言い終わらないうちに矢倉から矢が飛び、弥次右衛門のそばの楯にあたった。つづいて狭間という狭間から矢が飛んできて、楯や地面に音を立てて突き刺さった。

「射やれ、撃ちやれ！」

弥次右衛門は大声で叫んだ。こちらからも狭間めがけて矢が飛んだ。ついで鉄砲が咆哮した。

ひとしきり矢玉の応酬をすると、日根野側は後退をはじめた。もともと城からおびき出すつもりだったから、これは予定の行動だった。

だが矢の射程外に出ると、城はまた鳴りをひそめた。打って出る気配もない。

一刻ほど待ってから、右京亮たちはまた城の正面にもどった。睨み合いになった。

だが待っていても、門からは犬一匹出てこない。

「ならば攻めかけるまでよ。かかれ、かかれ」

弥次右衛門の下知に応じて太鼓が鳴り、山を揺るがすような鬨（とき）の声があがった。

城攻めが開始された。

濠にはそこらの家を壊して奪った畳や筵、板などがほうり込まれ、矢倉には火矢が射込まれた。

冬枯れで水が少なくなった濠に、右京亮もせっせと浮きそうなものをほうり込んだ。

弓矢の援護を受けつつ、寄せ手の兵は、畳や板きれにつかまって濠を泳ぎ渡った。城からは矢や石ころが降ってくるが、数にまかせてかまわず押し渡る。

濠をわたり、右京亮が土塁にとりついたときには、城内は火矢をうけて、すでに黒煙があがっていた。

右京亮は家人たちをひきいて土塁をのぼった。二間（約三・六メートル）ほどの高さだからのぼるのは難儀ではないが、土塁の上から矢や石が降ってくるので、ろくな甲冑をつけていない足軽は危なくて近づけない。

「わぬしらはうしろから石を投げい。又六、次郎兵衛、つづけ」

右京亮は刀を手に、先頭を切ってのぼってゆく。又六が槍をもってつづく。次郎兵衛はそのあとだ。

土塁上の狭間から、右京亮に気がついた城兵が槍を突き出してくる。それを必死に刀ではらいながら、狭間の死角にとりついた。そこへ来た又六に「肩を貸せ」としゃがませ、足場にして一気に土塀をよじのぼった。

城内へ飛び降りた。

すでにあちこちから日根野の兵が侵入しており、城兵とのあいだで凄惨な斬り合いがはじまっていた。

野獣のようなうなり声と悲鳴の中に、金棒で革の鎧を打ち砕く音や、刀が空を切る音がまじる。

右京亮も味方とともに刀を振るった。

最初は劣勢だった寄せ手の兵たちも、あとからあとから味方が乗りこんでくるので、しだいに城兵を圧倒していった。

右京亮は城内を見回した。

「太郎をさがせ。敵の首にかまうな」

又六と次郎兵衛に命ずる。人質だから、こんな籠城のときは牢に入れられているはずだ。牢はどこか。

山下の曲輪はひとつだけだった。その中に常御所(つねのごしょ)や遠侍(とおさむらい)、会所、主殿がある。土塁に設けられた矢倉のいくつかと、曲輪内で一番大きな建物からは、すでに黒煙があがっていた。

混乱をかいくぐってさがしても、牢らしい建物は見あたらない。焦る心ばかりがつのる。

——もうここにはいないのか。それとも山上の曲輪にいるのか。

いや、山の上にはいないはずだ。あそこに牢などあるはずがない。この山下の曲輪のなかにいるはずだ。

遠侍へ駆けつけた。

中から矢を射てくるが、どこかから火矢が飛んできて、茅葺き（かやぶ）きの屋根が燃えはじめると、矢も飛んでこなくなった。

槍先で舞良戸（まいらど）をあけて、遠侍の中に踏み込んだ。同時に日根野の手勢が反対側から乗りこむ。

中には板敷きの部屋が三つあったが、だれもいない。籠もっていた兵は、すでに逃げたらしい。もちろんさがしている人質もいない。

「太郎！　どこじゃ」

とうとうこらえきれなくなって、叫びながら、黒煙を上げている主殿へ向かう。

主殿の周囲では、矢が飛びかっていた。城兵たちはまだあきらめず、建物の外に楯を並べて寄せ手を射ていた。寄せ手も弓をもってきて、しばし矢合戦となっている。

右京亮も近づけない。木立の陰から隙をうかがった。

南側にある会所も、火を噴きはじめた。

城兵たちは山上へと逃げはじめている。仲間と呼び合う声、悲鳴や雄叫びが曲輪の中を駆けまわって、ときどき鉄砲の轟音(ごうおん)がすべての物音をかき消す。

「太郎!」

牢らしき建物を探しながら、北側にある常御所の裏手、山際まで進んだ。地面には、首のない死体や、切り離された腕や指が落ちていた。

そのとき、はっとして、あたりを見回した。どこかから助けをもとめる声が聞こえてきたのだ。かすかだが、たしかに人の声だった。

だが人の姿は見あたらない。

空耳かと思い、主殿のほうへもどろうとした。牢があるとすれば、あの建物しかないと思える。

……助けて。

右京亮は足をとめた。たしかにいま、そう聞こえた。

「太郎か！」

もう一度、周囲を見回した。だが人影どころか、建物もない。あるのは木立と山肌だけだ。

「このあたりを探せ」
又六と次郎兵衛に命じた。
「太郎、返事をせい！」
声がした方向へ向かって歩くと、すぐに山の斜面につきあたる。お
かしいと首をひねっていると、またかすかな声がした。
――もしや。
右京亮は山肌を見あげた。
よく見ると、ひと一人が歩けるほどの小径（こみち）がついている。いや、径
ともいえない、踏み跡のようなものだ。
――しかし、こんなところに牢があるものか。
山肌は目の届くかぎり藪（やぶ）と灌木（かんぼく）ばかりだ。

やはり空耳だったかと思い、主殿のほうへもどろうとした。

その時、はっと思い当たった。春に濠の普請をしたとき、山に穴を掘らされた百姓がいると言っていなかったか。

藪を踏み分け、右京亮は山肌を駆け登った。半ばまで登ったところで藪が尽きた。黒い土が剝きだしになっている。

前を見てぎょっとして立ち止まった。動くものが目に入ったのだ。手だった。

削られた山肌から、白い手が出ていた。それも何本も。

よく見ると、山の斜面に五尺（約一・五メートル）四方ほどの穴が掘られ、太い木で作った格子がはめられていた。その格子の隙間から二本、三本と手が出ている。

――土牢や……。

格子の中をのぞきこんだ。せまい穴蔵に十人ほどが詰め込まれている。

「太郎！」

右京亮は思わず叫んだ。

大人たちに押されながら、太郎は必死に手をふっていた。

## 六

半年後――。

梅雨も明けて、強い陽射しが照りつける中、右京亮は与三衛門をつれて田畑を見てまわっていた。

田植えもなんとか終り、一時はどうなるかと思った稲の育ち具合も順調だった。下福光の田には稲の葉が風に揺れている。

田の背後に鷺山が見える。南の山裾と頂上にあった城は焼け落ちてなくなっていたが、地面からこんもりと盛りあがった芋虫(いもむし)のような姿は変わっていない。

道を歩いていると、葉のついた竹をひきずって歩く百姓とすれちがった。百姓は道の端によって、頭を下げている。

「もう七夕(たなばた)の支度か」

「早いもので。すぐに盆がきまするな」

与三衛門が言う。

盆か。

「今年は、盆も盛大やろな。あちこちでたくさん新仏が出ておるでな」

そのようで、と与三衛門がうなずく。

鷺山城が落ちたあと、道三は大桑に籠城して年を越したが、四月になるとついに城を出て、義龍に決戦をいどんだ。

長良川の河原で行われた決戦は、義龍の一方的勝利に終り、道三は討たれて河原に首を晒された。道三側についた城もつぎつぎに落ち、美濃は斎藤義龍の手に帰した。

福光の一族でも、道三に肩入れしていた叔父が隠居して、宗家に口をだしてくることもなくなった。美濃一国も福光の一族も、落ちつくべきところへ落ちついたのである。

鷺山城の土牢から救い出された太郎は、しばらく気が抜けたようになっていたが、いまは回復して、読み書きを習うために崇福寺にあずけられている。その分、次郎が元気に遊び回るようになっていた。ねいも以前と変わらずに家事をこなしている。そのほかには、右京亮の家はなにも変わっていないように見える。

しかし家の中の空気は、あきらかに別のものになっている。太郎もねいも、次郎さえも、右京亮とはあまり口をきかなくなっていた。

あのとき、一度は太郎を捨てる決断をしたことで変わったのかと、右京亮は思う。父への素朴な信頼感がなくなり、むしろ警戒されるようになっているのだ。右京亮としては心外だったが、太郎たちの身になってみれば、仕方がないことかもしれない。

近ごろ右京亮は、しきりに亡き父のことを思い出す。

「妙賢のせがれか」

と道三に問われたとき、かすかに抵抗を感じたほど、父への思いは複雑だった。わがままな父だったのだ。

しかしちゃんと家を維持し、家族を死なせなかっただけでもたいしたものだったのだと、いまは考えている。

だから太郎にも、いずれはわかるときが来るにちがいない。

一陣の風で稲の葉が裏返って、一面の緑が浅い色調に変わった。

「少しばかり田植えが遅れても、稲は育つものやな」

「へえ。それはもう、ありがたいもので」

与三衛門の返事にうなずいて、右京亮は田の畦道を歩いていった。

# となりのお公家さん

一

その一家が新右衛門のとなりに引っ越してきたときには、近所一帯がちょっとした騒ぎになった。

なにしろ着ているものからしてちがった。主人と見える中年の男の着物は、松葉色で袖が大きく、首のまわりが丸く縫いあげられていた。衿の合わせ目をかくすよう、前垂れのようなものがあって、袴もたっぷりとしており、その上いまどき珍しく烏帽子をつけていた。

女房と見える女は垂れ衣をつけた市女笠で顔をかくしていたし、ふたりの子供も、ちょっとこのあたりでは見ないような上等の小袖を着ていた。荷運びは人足が車をひいてやっていたが、それを指示する大男がいて、この男も直垂（ひたたれ）に折烏帽子という、猿楽に出てくる侍のような格好だった。

　ここは町場と呼ばれているが、それでも幅が三間（約五・四メートル）のせまい街道の両脇に、軒と軒を支え合うように建つ小さな家や店棚が十数軒ならんでいるだけである。家も小さければ壁もうすい。向こう三軒両隣の赤子の泣く声から夫婦喧嘩までみな丸聞こえである。お世辞（せじ）にも有徳人（うとくにん）（金持ち）の住むところとは言えない。

　そこへそんな衣装の一家がやってきたのだから、それだけでも十分に人目を引きつけたのに、さらに引っ越しの挨拶もたまげたものだった。ご本人がでてこず、髭面（ひげづら）のたくましい大男が一軒一軒をたずねて

は、

「それがしは中辻家の家人じゃ」

と切り出し、

「先の中納言、中辻公経卿は、わけあって京をはなれ、この地に仮寓することにあいなった。しばらくは医家として施薬診療のもとめに応ずるゆえ、病の時は頼られるがよかろう。また知り合いに病の者がいれば、声をかけてつれてくるのもよいぞ」

と言って回ったのだそうである。

「ずいぶんとえらそうやったでえ」

とその口上を聞いた新右衛門の女房、おあきは、眉根に皺をよせる。

「好かんやっちゃな」

新右衛門の最初の感想はそういうものだった。中納言だかなんだか知らないが、近所にそんな高慢なやつがいては気詰まりだし、あまり周囲とちがう人間は浮いてしまって、もめごとの種にもなりかねない。新右衛門はここの地生え（じば）の番匠（ばんじょう）（大工）で、ちかごろは武家屋敷を建てるために大坂城下まで毎日通っている。仕事を終えて家にもどると、おあきがそんなことを教えてくれたのである。

「しかし先の中納言って……、こんな田舎（いなか）になにしにきたのやろ」

まったく不思議だ。

この摂津中之島（せっつなかのしま）のあたりは、いまでこそ大坂の城ができたり本願寺が移ってきたりして人がふえ、家も建ちならぶようになってきたが、もともと川沿いの寂しい農漁村だったのである。

いまでも町屋といえるほどの家並みは、街道筋のこのあたりと、ちかごろ出来はじめた本願寺の周辺にしかない。あとは葦のしげる狐の住処とわずかな田畑があるだけだ。どうしてこんなところにお公家さんがくるのか……。

「医家って、この村で病人を診ようって言うてはるのか」

「そうやろ。もとめに応ずるって言うのやからねえ」

おあきは裏口の竈で雑炊をこしらえている。裏口といっても、家自体が間口三間、奥行き三間の、仕切もないせまいものだから、土間からあがって四、五歩すすんだだけでもう裏口ということになる。このあたりの家はどこもこんな造りだ。

「医家ってのは、京の町中で広い敷地に立派な門構えの屋敷を建てておるもんやないんか」

「そうやねえ。このあたりで医家って言わはっても、笑ってしまうだけやねえ」

「そら、あんまり近づかぬほうがええな」

とんだ食わせ者か、もし正真正銘の公家であっても、よほど手ひどく借銭をこしらえて逃げてきたのではないか。

「まあ、ろくなもんやないやろ。京を落ちて、縁もゆかりもない地へ来るなんてのは」

「医家と名乗っても、腕前もわからんしねえ」

「唱岳坊（しょうがくぼう）もおることやし、行者（ぎょうじゃ）さんもまわってくるし」

唱岳坊とは近くに住む陰陽師（おんみょうじ）である。このあたりの者が病になったときは、だいたい唱岳坊に祈禱をお願いすることになっている。

「なあ、おかん腹へった」

長男の辰丸が口をはさむ。今年十三になったところで、背は新右衛門の目のあたりまできているが、まだ骨は細い。大坂へ手伝いにつれていって一日働かせたから、腹がへるのも無理もない。

「うん。おそいおそい」

次男の亀丸も口をそろえる。こちらはまだ八つで、近所の餓鬼どもと魚すくいやら土こねやらで泥だらけになって遊んでいる。

「これ！　親にむかってなんて口の利き方やね。そんな子にあげるご飯なんぞ、あらへん！」

いつもの騒ぎを聞きつつ、新右衛門は板の間にすわった。

しばらくして、ようやく雑炊が椀(わん)に盛られて出てきた。味噌の香りがつんと鼻についた。

「で、その侍のような家人とやらもあそこに住んでおるんか」

「さあ。どうも別らしいよ」

そうだろう。あの家の造りはここと同じはずだ。そう何人も住めるはずがない。

「それよりおまえさまのほうが心配や。近ごろは物騒やさかい、もっと明るいうちに帰ってきはったら？」

「ん？　なんでや」

「千人斬りとか、でるのやろ」

「ああ、そういうわさやな」

城下のはずれで、毎日ひとり、ふたりと斬られて息絶えているのが見つかるのだという。

うわさでは、千人の血を吸えば悪疫をなおすことができるという迷信を信じて、夜な夜な人を斬っている者がいるということなのだが。

「大坂のご城下というても、少しはなれれば葦の茂みで先が見えぬようになるやろ。たそがれ時に通らぬほうがええよ」

「なに言うてるねん。そんなんがこわくて世の中渡っていけるかい」

と言ったが、新右衛門とて刀を持った乱暴者がこわくないわけではない。だが陽の高いうちから帰ってくるわけにはいかない。そんなことをして約束の期日に建てられなければ、つぎの仕事に差しつかえるし、下手をすると建て主に斬られかねない。こちらのほうが、らちもない千人斬りのうわさよりこわかった。なにしろ建て主は、戦国の世を切り抜けてきた武家なのである。おあきとちがって、新右衛門は近所のうわさ話にかまけているわけにはいかないのだ。

「もう。十分に気をつけなはれや」

おあきが眉間に皺をよせてまだなにか言おうとしたとき、なにか珍しい音が耳をくすぐった。

「なんや、あれ」

自分の雑炊が少ない、とわめいた亀丸の口を押さえ、椀にかじりつくように雑炊をかきこんでいる辰丸の頭をひとつはたき、おあきに目配せした。

「聞こえるやろ」

家中の者が口を閉じ、その音の正体を聞きとろうとした。

「笛、のような」

「めずらしい笛やね」

笛にしては明るく、まっすぐな音色だった。

おあきがわざわざ外へ出てたしかめた。となりの中辻と名乗る家から、その調べは流れてくるという。

「風流なもんやな」

「さすが、お公家さんやねえ」

感心したようにおあきもつぶやいた。

だがしばらくすると、感心して損をしたと思うようになった。

番匠は朝が早い。だから夕餉を食べればすぐに寝るのだが、お公家さんはそうではないらしくて、いつまでも笛を吹いているのだ。しかもどうやらふたりが吹いているらしく、うちひとりはあきらかに下手で、よく音をはずすのである。

耳にからみついてくる笛の音が気になって寝られず、新右衛門はいつまでも寝返りをうっていた。

二

「ここも鉋(かんな)をかけるのかあ。手斧(ちょうな)ではつったただけで、ええやん」

「あかんあかん。地面に近い貫(ぬき)はな、平らにしとかんと水がついて腐る」

甥(おい)の七郎にいうと、不満そうに口をへの字にしたが、だまって鉋をかけはじめた。

――まったく。腕前はまだまだやのに、口だけは一人前や。

昨夜なかなか眠れなかったせいか、いらいらする。

新右衛門は大坂の仕事場では、七郎のほか三人の若い番匠をひきいてはたらいている。いまは新しくもうけられた二の丸の中で、武家屋敷を建てていた。間口六間（約十・八メートル）、奥行き四間の、かなり大きな母屋である。

三年前に関白さまが城を建てはじめて以来、大坂の町はおどろくべき速さで拡大していた。この二、三年のうちに、大坂城の周囲一里（約四キロ）ほどに何千という家が建ったのである。

だから番匠の仕事はいくらでもあった。それどころか、半年後、一年後まで仕事の予定が詰まっているようなありさまだった。

当然、仕事はいそがされる。この屋敷だって、わずか四月で仕上げろというのだ。ふつうならどう急いでも半年はかかる建物だ。

しかし新右衛門は急いで雑な仕事をすることをきらった。ほかの番匠がするように貫の数をへらすとか、板の仕上げを粗くするなどということはもちろんしなかったし、腕の未熟な若衆に大事な継ぎ手の細工をまかせるようなこともしなかった。

辰丸はまだ手伝いしかできないし、七郎にもほかの若手にも、肝心なところはまかせられない。だから新右衛門ひとりが大いそがしで、ほかの五人は手持ち無沙汰、ということもままあって、朝はまだ暗い六つ（午前六時）から仕事場にきて、夕方も日が沈む寸前までせっせとはたらいても、なかなか仕事は進まない。

建て主から文句を言われても新右衛門は、「へえ、急ぎまする」というだけだった。もっと人を入れて手早くすすめたら、という人には、

「腕のない者がいくらおったかて、ええもんはできへん」

と言ってことわった。

新右衛門は自分の腕に自信をもっていた。田舎にいても、京や奈良の番匠に劣らないと自負している。だから急いでまずい仕事をして、自分の名に傷がつくのはいやだった。

　とはいえ約束の期日は容赦（ようしゃ）なくせまってくる。棟上（むねあ）げは十日遅れになった。これから挽回しなければならないと思うと、毎日、気の休まるときがなかった。

その日も暗くなってから家にもどった。

「いやあ、今日はえらい騒ぎやったあ」

おあきがふくみ笑いをしながら言う。なんのことかと思ったら、きのう越してきた公家一家のことだった。

「さっそく唱岳坊がきてねえ、そこもとは医師と申しておるようやが、師はだれか、どこで修業されたのかって、入り口に立ちふさがって、通りじゅうに聞こえるような大声をだして問いつめはったのや」

新右衛門は苦笑した。陰陽師と医師と、薬をつかうか祈禱するかのちがいはあれど、病人をなおして食っているのは同じである。さっそく商売敵をつぶしにきたのか。

「それで家の中からお公家さんが出てきよったのやけど」

どうもたよりないのだという。

「声の大きい唱岳坊はんに、まるでかなわへんね。唱岳坊はんに怒鳴られて、もごもご答えるだけで」

陰陽師だけに、祈禱をあげる声は鍛えられている。その声で脅されては、やわなお公家さんなどひとたまりもないだろう。

「答えるのを聞いてみるとね、どうも医師としての修業はしてはらへんね」

「へ、なんやて」

「代々、伝えられた秘薬があるとか、書をあれこれ読んだとか聞こえたけど」

「それで医師がつとまるのか」

「そのつもりみたいやね」

「あきれたもんやな」

新右衛門はそれだけで公家の正体を見たと思った。

なんにしろ職人は腕前が肝心だ。百姓のように、となりが種を蒔けば同じように種を蒔き、みなが田植えをすれば田植えをする、というわけにはいかない。番匠にしても、材木のどこへ墨を打ち、どこへ鑿を立てるか、だれも教えてはくれない。

だから長い間、修業を積んで、どのような仕事が来ても迷わないようにする。そうでなければ一人前とはいえない。

新右衛門も子供のころから現場に連れていかれて、板運び、墨壺の軽子もちなどからはじめ、削りもの、材木の穴掘りとすすんで、ようやくひとつの家の墨付けをまかせてもらえるようになったのが三十前だ。二十年近く修業を積んだのである。

医師も職人だろう。ならば厳しい修業を積んでいなければおかしい。それもせずに、ただ書物を読んだというだけで医師でございとは、笑わせる。

おそらく世の中を甘く見ているのだろう。そんなことだから京でなにかしくじりをやって、この中之島まで流れてきたにちがいない。

「それでは腕は知れたもんや。みんなもあんなのにかかるな」

「そないなこと言うても、近所やし」

おあきは不満そうだ。

「亀丸も、あそこの子と遊んだし」

「なんや、そんな子がおるのか」

「男の子は十、とか言うてた。八つの女の子もおるのやて」

「十ならそろそろはたらけるやろ」

「どこか奉公へ出しはるのやろか」

新右衛門にはわからない。お公家さんというのはどういう奉公をするのだろうか。

「ま、どうせ診てもらおうとする者もおらんやろ。銭や米、借りにきても貸したらあかんで」

どうせ貸し倒れになるに決まっている。

「で、そのお公家さん、昼間はなにしてはるのや」

どうせ診てもらいにくる者がいるわけではなかろう。ただぶらぶらしているのか。

「さあ。今日はどこかへ出ていってはったけど」

そんなことを言いながら夕餉をすませ、寝ようとした。

うとうとしたところに、またあの笛の音が聞こえてきた。

新右衛門は舌打ちした。人が寝静まる夜中に笛とは、なにを考えているのか。

それでもしばらくは我慢した。昼間の疲れで眠いし、文句を言うのも角が立つと思ったのだ。笛もなめらかに吹いてくれれば、さほど邪魔になるものではない。

だが今晩の笛は下手だった。つっかえ、止まり、あともどりし、さらには自棄（やけ）になったのか、ピーッと耳障りな調子はずれの音まで出してくれた。

たまらず新右衛門は衾をはねのけると、手早く小袖を着た。おあきがなにか言ったが、かまわず家をでた。となりのお公家さんの家まではひと足だ。

蔀戸の隙間からは明かりがもれている。油を使っているとは贅沢な。それにも腹が立って、戸をどんどんとたたいた。笛の音がやみ、

「かまわぬぞ。はいりなはれ」

というまのびした声がした。

新右衛門は戸をひき開けた。

部屋の奥、油皿の明かりがゆれるそばに、白い小袖姿の男がいた。

年のころは四十前後か。丸顔というより、頭そのものが丸い。手には長さ一尺（約三十センチ）ほどの細竹の束をもっている。

手前には袖の大きなぞろりとした服を着た女がいて、女の子を抱いて寝かしつけている。背中まで垂れた髪が見える。女房だろう。男の正面には、そっくりな丸顔の男の子がすわっていて、これも同じく竹の束をかかえていた。

「のう、その笛、なんとかしてくださらんか」

怒りをおさえつつ、新右衛門は言った。

「すでに夜も更けて、寝ようとしておるときにぴいぴいやられたのでは、かなわん」

「笛？　ああ、笙（しょう）のことかや」

男は手にもった細竹の束をもちあげた。その声はカン高く、なめらかだった。やや垂れ気味の濃い眉、その下にくりくりとよく動く丸い目がある。唇は厚く、頬はなにか含んでいるようにふくれている。これで髭が濃かったら達磨さんだな、と思うのだが、髭は薄くまばらに顎の下にあるだけだった。

「さように響くかや。これまで夜に吹いていてもだれにも文句を言われなんだが」

頭もさげず、不思議がっている。

「明るいうちにしてくだされ。こちらは眠くてしかたのうて」

相手が悪びれず堂々としているので、やや下手にでてしまった。そこへ子供がぴい、と一発吹いてくれた。むっとしてにらみつけてやったが、かえって珍しそうに見詰め返されてしまった。

親子して馬鹿にしているのか。それとも横柄なだけなのか。

「笙はわが家業でな。下手ではすまされぬよって、こやつに教え込んでおるのやが。さようか。うるさいか」

案外と素直にみとめると、子供の竹束——笙というらしい——をとりあげた。

「わかった。今日はおわりじゃ」

鷹揚にうなずいてくれる。なんとなく気圧(けお)されて頭をさげてしまった。

それで帰ってきたのだが、どうもすっきりしない。謝りのひと言もないのか。

ふと気がついた。これまでは夜中でも気にせずに音を出していたということは、となりに聞こえないような広い屋敷に住んでいたということではないのか。

――本物のお公家さんのようやな。

だからどうということはないが、世の中のうつろいやすさを垣間見たような気がした。何万石という所領をもっていたお大名が、関白さまのひと声で裸一貫の地下人（じげにん）になりはてるのが、いまの世の中である。

わが身も明日はどうなるかわからない。

目が冴えてしまった。思いは自然と仕事のことにゆく。あの屋敷も期日までにまちがいなくできるだろうか。できなければ……。

疲れているはずなのに、そのあとはなかなか寝つけなかった。

三

大坂城二の丸では、夜でも篝火と人足の声が絶えなかった。持ち場をわりふられた諸大名が競って石積みをしているので、中には昼夜兼行で作業しているところもあるのだ。

新右衛門が建てている武家屋敷も、引き渡しの期限があと二十日ほどに迫っていた。

「上様の目が光っておるのや」

と建て主は言う。

「期日までに仕上げられずに、緩怠と言われて領地を取りあげられた者もおるでな」

そうなったらわぬしもただではすまぬ、さよう心得よ、と脅してくれる。

いくらやかましく言われても、手を抜いて早く仕上げるわけにはいかない。しだいに仕事を切りあげる時間が遅くなっていた。

その日もとっぷりと陽が暮れるまで仕事をして、暗い中を家に帰った。

「おしず婆さんやけど」

家でほっとひと息ついて、飯に汁をかけてかきこんでいると、おあきが言った。おしず婆さんとは街道ならびの一番はずれに住んでいる、弓師のところの婆さんだ。おあきにとっては伯母（おば）にあたる。

「三日前から寝込んでんのやけど、どうも瘧（おこり）らしゅうて」

「ほう」

新右衛門は眉をひそめた。

このところ瘧がはやっている。仕事場でも、昨日まで元気に仕事をしていた者が急に来なくなって、あとで瘧だと知らされることが多い。急に高い熱がでて、吐いたりうわごとを言ったりして、端から見ていても苦しい病だ。

だいたいは半日ほどで熱はひくが、二、三日するとまた同じような症状がでる。その繰り返しで、亡くなる者もかなりいるから、こわい病でもある。

「唱岳坊さんに頼もうとしたのやけど、唱岳坊さん、いまは金神(こんじん)さんが悪い方角へ遊行(ゆぎょう)してはって、いくら祈禱してもあかん、言うて請けへんのや」

「そらあかんな。えらいことや」

「ねえ、唱岳坊さんにそんなこと言われたら、どうしようもないねえ」

　なんとも言いようがない。それでは取りついた悪鬼は思うさま婆さんの身体を蝕(むしば)んでしまうだろう。

「それで迷っていると、あの中辻さんが来てねえ」

　中辻？　だれだったたか。

「となりのお公家さん」

「おお、あれか」

「お困りならば診て進ぜようって、家にはいろうとするのや」

「頼む前から、か？」

「そう。どこで聞き込んできたのやろ」

頼まれもしないのに、薬の押し売りに来たのか。面妖なことをするやつだ。

「それで？」

「せっかくやから診てもろうたのやけど、なにやら脈をみて、これは瘧や、瘧ならわが家秘伝の薬がある、そなたは幸いや、心を強く持ちなされ、なんて言うのや。あとで家でごりごりやってたから、薬をつくってたのやろ」

「ふうん。そら、見ものやな。あ、いや、大変やな」

おあきににらまれて言い直した。瘧はこわい病だが、かかればすぐ死ぬという病でもない。だから治るかもしれないが、婆さんはもういい年だから、そう簡単にはいかないだろう。

それにしてもあのお公家さん、どうやって瘧を治すのだろうか。

「見事に診立てて、治せれば医師として名も上がるやろが、治せなんだら大変や。これからだれも診てもらおうとせんやろ」

職人は腕がすべてだ。腕前の未熟な職人は、世の中にいるだけで罪悪になる。下手な番匠が家を建てた日には、ちょっと風が吹いたくらいで潰れて死人が出かねない。ましてや医師なら、人の生き死ににじかに関わるのだから、腕の未熟な者は人殺しとかわりがない。

「そうそう、あの家も大変やわ」

おあきが手を口でおおって、笑いをこらえる表情で言いだした。

「おかみさん、井戸の使い方も知らへんね」

街道に面していない裏手に共同の井戸があって、みなそこで水をくみ、洗濯をしたり野菜を洗ったりする。井戸は釣瓶(つるべ)井戸で、縄のついた桶(おけ)で水をくむのだが、その桶は勢いよく落とさないと水面に浮いてしまって水がはいらない。中辻のおかみさんはそれを知らず、そっと桶を落としては、空の桶を引きあげて困っていたという。

「教えてやったんやろな」

「それが、ぞろりとした服を着て、井戸のまわりでうろうろしてはるんで、なんか近寄りがたくて」

このあたりでは、夏場はおかみさんたちも上半身裸で水汲みをしたりする。だが中辻のおかみさんは、きっちりと足首まである小袖に市女笠をかぶって出てくるのだという。その小袖も絹の薄手のいいもので、見ているほうがびっくりだという。

言葉もなんだかおかしいらしい。

「ゆうべは早うにオシズマリおしたか、やて。何度も聞き返さんと、わからへん」

おあきは声色をまねしてみせた。早く寝たのか、という意味だったという。

「こちらが早いのやあらへん。むこうさんが遅いのや」

あきれてしまうが、一事が万事、その調子らしい。

「どうもご亭主も暇そうで、朝から子に読み書きを教えてはったし」

夏場で表裏の戸を開けはなっているから、教えている声が聞こえるようだ。

「子も子で、この暑いのに袴をはいてなさるしな」

せまい一室で、親子が汗を流しながら読み書きの稽古をしている場面が頭にうかび、こちらまで暑苦しくなった。

「それはええが、なんで都から落ちてきたのか聞いたか」

「それがねえ」

はっきりと言わないのだという。

「家領も屋敷もみななくしてしもうて、とは言うのやけど」

まあ言いたくないことはあるだろう。だがなにかの風流でこちらへ来たわけではなく、やむなく都落ちしてきたらしいことは、伝わってきたという。

しかし家領をなくしたということは、どこからも銭がはいってこないということではないか。ということは、お公家さんといっても、医師で食っていくしかないということになる。

「大変だの。ま、このご時世じゃ仕方なかろうが」

だれもが食うのに精一杯なのである。

その後、新右衛門は粗朶(そだ)の燃えさしを明かりにして、半刻ばかり鑿や鉋を研いだ。

さすがに反省したのか、その日、笙の音は聞こえてこなかったが、新右衛門はやはり仕事が気になって、ぐっすりとは眠れなかった。

## 四

期日が迫ってきたので、新右衛門たちは数日のあいだは篝火を焚いて暗くなってからも仕事をした。それでも間に合うかどうかはわからなかった。

「もう、そないに丁寧に削らんでも」

長押(なげし)にする材木に鉋をかけていると、七郎が口をとがらせた。

「建て主さんも急いではるし。期日に間に合わせるよう、せんでもええの」

「あほう。一人前の口をきくな」

新右衛門もいらついている。つい言葉が荒くなる。

「この家はあとに残るのや。この家は新右衛門のこしらえた家や。出来上がりを見る人にな、急いだんで不細工な仕事してしもうたって、いちいち言い訳する気か。そんなことできへんやろ」

「へえ」

「やったら、丁寧な仕事をするしかないやろ」

そういうことだ。それが職人の意地だ。だから夜まで仕事をすることになる。

「でも、それでは間に合わんのでは……」

「間に合わせるのや。夜を徹してもな」

しかし、それでも間に合うかどうか、新右衛門にも心もとなかった。

そうしているうちにも、おしず婆さんは弱っていった。

「毎日、薬は飲むのやけどねえ」

新右衛門が疲れ果てて家に帰ると、おあきが一番に言い出すのは、おしず婆さんのことである。おあきは心配で、暇があれば顔を出しているらしい。

「霍香正気散（かっこうしょうきさん）てのを飲んでたのやけど、それだけでは効き目がうすいと言わはって、今日なんか中辻はん、いくつか薬草を加えたようや」

「で、婆さん、どうなんや」

「熱がつづいてはる。夕方になるとふるえがきて、見てても恐ろしいくらいや」

「薬は、効かんのか」

「効いてへんねえ。だんだんやつれていくよ」

かなり重い瘧のようだ。

「お公家さん、ほかの病人は診てへんのか」

「さあ。声がかかったところ、聞いたことあらへん」

みな腕前をみているのだろう。あのお公家さんにとっては、ここが医師としての正念場ということになる。

「お公家さん、困ってるやろ」

「さあ。そんなふうには見えへんけど」

まあ医師が困ったような顔を見せるようでは、だれも診てもらおうと思わないだろう。そのくらいの修業は積んでいるようだ。

それより唱岳坊はうまいこと逃げたな、と思う。本来、死病ではない瘧を祈禱して死なれたのでは、あとの商売に差しつかえるだろう。

そう言うと、

「それそれ。唱岳坊はんとお公家さん、喧嘩してはったよ」

とおあきは声を高くした。

「なんでや。重い病人を押しつけたってか」

「そうやのうて、唱岳坊はんの呪文がまちがってるって」

「へ？」

「内裏で自分の聞いた呪文とちがうって」

唱岳坊は自分の家でも祈禱をするので、その声は近所まで聞こえてくる。お公家さんはその声を聞きとがめたのだという。ちょうど唱岳坊が街道へでてきたときに声をかけて、街道のまん中で言い争いになったそうだ。

「内裏とはまた大きく出たもんや。そら唱岳坊はん、怒ったやろ」

「真っ赤になって怒ってはった。けど、この呪文はもともと仏典のなんたら経にあって、その意はしかじか、とそらもう、すらすらと言わはるもんやから、唱岳坊はんもしまいにはだまってしまって」

新右衛門は吹きだした。

「唱岳坊はん、字が読めへんでね。お経の話をされると、あかんわ」

あのお公家さん、学問はあるらしい。それにしてもこれは、唱岳坊のいやがらせに対抗しているのか？

「お公家さんて、案外とたくましいねえ。いままで京に残ってきてはるのやで、それなりのことはあるのやろね」

そう言われてみれば、宮仕えというのは大変なことなのだろうと思い当たった。京には何十、何百もの公家がいるのだから、公家仲間での争いもあるのだろう。武士と領地の取りあいもしただろう。そこで揉まれていたということだから、やわな者ではないはずだ。

「ま、それで病が治せるかどうかは別ものやけどなあ」

その夜も新右衛門は小さな明かりの下で鑿を研いだ。仕事は遅れているから、研ぐ時間も惜しい。

さらに数日のあいだは、夜中まで仕事しては帰る日がつづいた。それでも間に合いそうにない。新右衛門は疲れ果て、ときどき立ちくらみがするほどになった。

おしず婆さんはまだ治らなかった。

お公家さんも毎日、脈をみては薬を工夫しているようだが、どうやら悪くなる一方のようだった。婆さんはげっそりと痩せ、ときどき気を失ったかと思うと、うわごとを言うようになっているという。

あのお公家さん、瘧も治せへん、とうわさされて、お公家さんの評判は最悪だった。やはり腕が悪いということのようだ。

唱岳坊も陰で、

「学問はできても、脈はよう診ぬようや」

と悪口を言って回っているらしい。どこでも商売敵同士の争いは熾烈である。

その日も新右衛門たちは夜四つ（午後十時）ごろまで仕事をした。

片づけをして家へむかったのは、さらにそれから小半刻すぎていた。

満月が皓々と照る月夜だった。

五人はそれぞれの道具箱を肩に、街道を歩く。夜道とはいえ、城内にはまだ歩いている者がいる。

「お」

一町（約百九メートル）も行かないうちに、新右衛門は立ち止まった。

「どうしたの」

辰丸が首をかしげる。

「手ぬぐい、どうした」

「ああ、わすれた」

いつも辰丸が肩にかけている手ぬぐいがない。汗まみれになるこの季節、手ぬぐいはどこにいてもかかせない。

七郎たち若衆を先に行かせて、辰丸と新右衛門はいったん仕事場へもどった。

忘れた手ぬぐいはすぐに見つかった。月夜の道だから足元の心配はない。中之島へもどろうと、二の丸をでて外堀をぐるりと西へまわり、木津川（きづがわ）にかかった橋にむかって街道を歩いた。このあたりはまだ湿地で、柳の木と藪が多く、昼間でも見通しは悪い。ここまで来ると、さすがに歩く者もいない。七郎たちに追いつこうと足を速めたときだった。

うわあっという声が夜の闇を切り裂いて響いてきた。つづいて地を蹴る乱れた足音。

だれかが近づいてくる。

「た、助けて」

七郎の声だった。若い衆ふたりもいっしょに逃げてくる。

新右衛門はぎょっとした。七郎たちのあとを追ってくる者の手には、月の光をはね返す白刃が握られているではないか。

「な、なんやあ」

新右衛門は動転したが、とっさに道具箱をおろすと、鑿をとりだした。それから辰丸に気がついて、背中にかばうように隠した。

七郎は「人斬り、人斬りや」と新右衛門の足元に倒れこんだ。

追いかけてきた者は、四、五間先で立ち止まっている。大男だが、夜のことで顔だちはわからない。短い袴をはき、袖がない帷子(かたびら)を着ている。

――これは……。

ぞっとした。うわさに聞く千人斬りの姿にそっくりだ。

辰丸も鑿をにぎった。七郎は倒れたままだが、若い衆も踏みとどまった。

大男は新右衛門たちをみとめたのか、しばらく立ち尽くしていたが、なにを思ったか、その場で血のついた刀身をぺろりとなめた。

――千人斬り！

膝ががくがくした。襲われたら、鑿だけではとても太刀打ちできない……。

だが男はじりじりと後ずさりし、そのまま暗闇の中に去っていった。

「た、助かった」

若い衆がうめくような声をもらした。だが七郎は立ちあがらない。

「七郎、しっかりせい！」

七郎の背に手をまわすと、ぬるりとした感触があった。生臭い血のにおいがした。

五

若い衆と交互に七郎を背負って、新右衛門の家まで運び込んだ。

「き、斬られた、千人斬りに斬られたのや」

新右衛門は息をはずませて訴えかける。騒ぎを聞いたのか、すぐに出てきたおあきは、「きゃあ」と悲鳴をあげたが、そのわりには落ち着いていて、さっさと土間に筵を敷いた。ここへ寝かせろと言う。

「唱岳坊を呼べ！」

と命じたが、

「それより血を止めるのが先や」

と手ぬぐいで押さえにかかった。血はまだ背中から滴り落ちている。たしかに血を止めるほうが先だろう。いざとなれば、女のほうが度胸があるものらしい。

「……ああ、大丈夫か。血はとまるか」

ひとりおろおろしていると、

「ほう、これはこれは」

背後から明るい声がした。

新右衛門はぎょっとした。が、ふり向くまでもなかった。

「ああ、斬られはったのかや、ん？」

となりのお公家さんだ。

となりだから騒ぎは聞こえただろうが、それにしてもそのうれしそうな声はなんとかならないのか……。おしず婆さんのときもこんな感じだったのだろうか、と思った。

お公家さんは土間にはいると、七郎を見下ろした。

「もそっと明かりを。傷を見せなはれ。遠慮はいらん」

声にはなんとなく威厳がある。遠慮するのはそちらだろうと思ったが、おあきが言われるままに油皿に火をつけ、七郎に近づけた。こやつ薬代を稼ぐつもりか、という言葉が脳裏をかすめたが、いまはそんなことを言っている場合ではない。

「手ぬぐいをあてて、縛ってはきたのやが」

「汚い手ぬぐいはあかん。まずは湯をわかしなはれ」

あらためて見ると、肩から背にかけてざっくりと斬られている。傷口は一尺（約三十センチ）あまり。あてていた手ぬぐいは血でぐっしょりだ。それでもまだ血があふれ出てくる。

「さほど深うはないな。骨まで斬れておらん。貝殻骨にあたって刀の勢いがにぶったか」

顔をあげて言った。

「ほれ、これで傷口を押さえてなはれ。まずは血を止めるのや。そのあいだに薬を調えてくるゆえ」

お公家さんは洗い立ての布を投げてよこし、さっと立ち去った。

こうなったら仕方がない。薬代はせいぜい値切るとして、お公家さんに診させるしかなさそうだ。七郎にとっては災難だが、これも運だろう。

「しかとせい。気をはったともて」

七郎に言っても返事はない。さきほどまで小刻みに震えていたが、いまはときどきうなり声を発するだけになっていた。

「こら、七郎！」

耳に口をよせて怒鳴ると、ようやく目があいた。

「ああ……、さ、寒い」

また震えだした。

「しっかりせい。天下の名医が診てくれるぞ」

大声で吹き込んでやった。うそも方便だ。

「まずは気付け薬や。飲みなはれ」

お公家さんがもどってきて、黒い汁のはいった椀を差しだした。手際はいい。意外とやるではないか。

「これを飲んだら、つぎにこれや。血止め薬やさかい、ちと身体が冷えるがの」

別の椀を差しだす。新右衛門がふたつの薬を七郎に飲ませると、お公家さんは土間にはいった。

「まずは血を止めることや。それには傷口を押さえるしかないさかいな、血を吸った手ぬぐいは湯で洗って、しぼって使うのや」

そう言って七郎の手首をにぎった。しばらくじっとしていたが、

「脈はみっつや。さほど心配にはおよばん」

と漏らした。ひと息のあいだに四つか五つの脈がふつうで、みっつは遅脈というが、さほど心配はないという。これがふたつになると敗脈、ひとつは息脈といい、息脈は必ず死ぬのだと。

うつぶせに寝かせた七郎の背中を、おあきと新右衛門が交互に押さえた。傷を押さえた手ぬぐいはすぐに血でぐしょぐしょになる。それをとりかえつつ、半刻ばかりも騒ぎはつづいた。

ようやく血が止まったことをとなりに知らせにゆくと、お公家さんはすわりこんでいたが、すぐに顔をあげた。すり鉢で薬を練っていたようだ。それはいいが、すり鉢の横には書物がひろげてあるのが見え

てしまった。

——書物を見ながらでないと薬も調合できぬのか。

不安になったが、見なかったことにしようと決めた。

「よし、つぎは傷を洗うのや」

七郎の息は間遠くなり、呼びかけても答えなくなっている。お公家さんは七郎の枕元にすわると、もってきた薬で傷口を洗って、膏薬（こうやく）を塗った紙を傷口に押しあてた。

「あとは気付け薬を飲ませることや。朝方、うちにとりにきなはれ」

お公家さんは自信たっぷりにそう言って帰っていった。

新右衛門もどっと疲れがでてきた。これで仕事が遅れるのは必定だ、なぜこんなときに、となげいたが、疲れには勝てない。そのまま倒れ込むように寝てしまった。

翌朝、雀の声で目覚めたときには、あたりはすっかり明るくなっていた。

はっとして七郎を見ると、寝息をたてて眠っていた。

額に手をあてると熱いが、寝息はすこやかだった。顔色は青ざめて唇は紫色だが、死相というほど暗くはない。これならいずれ本復するのではないか。

——案外、腕はいいのやろか。

書物を見ながら薬を練っていたのは愛嬌だが、あのお公家さん、もしかするとかなり経験を積んでいるのかもしれない。

ふつう、医師といえば本道（内科）であって、脈をみて煎じ薬を出すことしかしない。傷や腫れ物はその道専門の傷医師が診るものなのだが、昨夜の様子だと、お公家さんは傷医師のほうもやるようだ。やはり学問があるからできるのだろうか。少々お公家さんを見直す気になってきた。

どこへ行ったのか、おあきもいなかった。裏の井戸で顔を洗うと、薬をもらうためにとなりをのぞいてみたが、お公家さんは留守だという。

「患家へ診脈に出向いておるゆえ、そちらをたずねられませ」

ていねいだがなんだかお高くとまったような言い方は、おかみさんである。

患家といってもおしず婆さんしかいないはずだ。おしず婆さんのところへ行ってみると、おどろいたことに、親戚の者たちがいっぱいあつまっていた。

「なんやこれは」

せまい家にはいりきれず、土間からもはみ出して、街道に立っている者もいる。

「もうあかんようや」

「瘧もこうなると、こわいでなあ」

とくに悲しそうでもない顔で言う。親戚とはいえ自分のことでなし、家で死ねるだけ幸せや、と顔に書いてある。飢えて死ぬ者、合戦で首をはねられる者にくらべれば、たしかにそうだろう。

そうはいっても家族の者は悲しかろうと、顔見知りの親戚衆をかきわけて中へはいってみると、枕元にお公家さんがいた。

――阿呆なやつやな。

あきれてしまった。まともな医師なら、臨終の枕元になどすわらない。見切りをつけたところで、もう手遅れだと言って薬を出すのを断るものだ。臨終につきあったところで、医師にいいことなどなにひとつないのだ。

おしず婆さんは皺だらけで、ひとまわり小さくなったようだった。息も苦しそうだ。どう見ても助かりそうにない。

「それ見ろ。薬なんぞ役に立たぬわ」

背後でそんな声が聞こえた。顔を見なくてもだれだかわかった。唱岳坊だ。

その勝ち誇ったような声に反感をおぼえたのは、新右衛門だけではあるまい。だが唱岳坊は持ち前の大きな声で言う。

「苦い薬を無理矢理飲ませても、病人を苦しめるだけや。後生(ごしょう)のようないことはせぬがよいぞ」

その声は聞こえているはずだが、枕元のお公家さんは顔色を変えず、ときどき婆さんの手をとっては脈をみて、「いや、そう悪くないのやが」などと言っている。

おしず婆さんのせがれはと見ると、なにやら険しい顔をしている。お公家さんを見る目つきが鋭い。あるいはヘボ医師め、と思っているのかもしれない。

あのせがれがお公家さんを責めるようなら、少しお公家さんのために口をきいてやろうか、という気になった。ゆうべの手際をみて、少々お公家さんをひいきしたくなっている。もちろん、そうすれば七郎の薬代も少しはまけてもらえるかもしれないという勘定もあるのだが。

そのとき、おしず婆さんの目が開いた。

みなが息を呑む気配がした。ふう、と息を吐くおしず婆さん。

「気分はどないや」

お公家さんはほっとしたように見えた。

「はあ、ずっと楽になった」

婆さんが言う。おお、とどよめきが起こった。

「そうやろそうやろ。いろいろ薬を使うたでな。効かぬわけがあらへん」

お公家さんは丸い顔をほころばせて、得意げにうなずいている。

「もう急場はしのいだやろ。あとは朝夕、この薬を飲ませてな」

そう言って立ちあがったお公家さんに、婆さんのせがれは額を床にこすりつけて、

「おおきに。命の恩人やぁ」

と礼を言った。

お公家さんの前には自然と人が道をあける。丸い顔を得意げに上に向けて、悠然と去っていった。もちろん、唱岳坊はいつの間にか消えている。

「やはり腕前やなあ、職人は」
ついひとりごとが出た。職人は腕さえよければ、どこでも食ってい
けるし、感謝さえされる。お公家さんの見事な仕事ぶりを見て、他人
ごとながらいい気持ちだった。
「おお、こうしてはおれんがな」
七郎のようすをもう一度見て、それから仕事に行かねば。いくら弟
子が斬られたからといって、期日は延びやしない。遅れれば、依頼主
のお武家から斬られる。こちらもまた、命懸けなのだ。

## 六

しかしその夜、仕事から帰ってみると、事情は変わっていた。

七郎はよかった。まだ起きられないし、痛い痛いと脂汗を流していたが、意識はしっかりとしていた。うすい粥(かゆ)を何杯も食べていたから、いずれよくなるだろう。

だがおしず婆さんは……、亡くなっていた。

お公家さんが悠然と帰ったあと一刻ほどはしゃんとしていたが、急に言葉があやしくなり、気を失ったかと思うと、そのまま帰らぬ人となってしまったという。

「やはりヘボなんかな」

新右衛門は首をひねった。わからんやつだ。

困惑した顔で家にいるお公家さんの顔が目に浮かんだ。あのお公家さんも必死に投薬したのだろうが、そううまくはいかないということだ。これで唱岳坊も息を吹き返し、またお公家さんの悪口を言ってまわるだろう。

「で、お公家さんは？」

「さあ。家におるよ。今日も子に読み書きを教えておったよ」

「で、おしず婆さんのせがれは怒鳴り込んだのか」

「そんなことするはずあらへん」

おあきは手をふった。

「みな、面倒見のいい医師やて言ってるよ。おしず婆さんは医師に看取ってもらえて幸せやったって。薬代も、さっそく払ったようや」

「なんやと」

意外なことを言う。治せなくても感謝されるのか。

「婆さん、もうええ年やったし。なんでも治せる医師なんて、神様やあるまいし、この世におるはずあらへんやろ。それより親身に診て薬をくれたさかい、婆さんもありがたがっておった」

そういうものか。

「そうや。腕より心意気や」

「阿呆なこと言うな」

新右衛門はむっとした。腕が悪くていいわけがないだろうと思う。そんなことなら、職人はどうしてつらい修業を何年も積まなければならないのか。

だが、となりのお公家さんがありがたがられているのは本当のようだった。

――ま、医師はそれでもええのかもな。

どうせ人はいずれは死ぬのだ。医師の腕が悪かったのか、寿命だったのか、だれにもわからない。一所懸命に診てくれれば、それで満足するところもあるのだろう。

「番匠はそうはいかん」

新右衛門はある種の満足感と誇りを感じながら言った。

「一所懸命にやったから、あとで屋根が下がったり床が抜けてもいい、というわけにはいかんからな」

「なにをくらべてるの」

おあきはあきれたように言う。

しかし、とふと思った。

——世の中、腕前ばかりやないのかな。

近所の者たちが医師の腕前をさほど評価していないように、番匠の腕前だって、自分が思っているほどにはだれも気にしていないのかもしれない。いや、建て主にしてみれば、番匠の腕自慢のために完成が遅れるのは迷惑そのものだろう。

もともと無茶な期日に間に合わせるには、仕上げが少々雑になってても仕方がない。自分だって、神のような腕前の持ち主ではない。

そう考えると、なんだか気分が楽になってきた。

いまほど丹念に仕上げるつもりでなければ、期日にはなんとか間に合わせることもできるはずだ。それなら斬られずにすむ。

案外、世の中、それで通ってゆくのではないか、あのお公家さんのように。頑固におのれの思うところを通すばかりが能ではないかもしれない。

「番匠はん、傷の具合はどないやな」

そんなことを考えていたところに、お公家さんがたずねてきた。

「あれま、ご苦労さんで」

おあきが愛想よく応ずる。七郎は返事どころではないが、それでも
「いてて」と声を出す。

「ふむ、脈も持ちなおしてきたし、まずまずかのう」

手をとって額に手をあて、お公家さんは言った。丸い顔に丸い目。

ふくれた頬も、よく見ると愛嬌がある。

「いや、強いものやな。昨晩は、助からぬかと思うたが」

「お公家さんの腕のおかげやよ」

おあきが持ちあげる。

「いやいや、若いゆえ、身体に力があるのやろ」

傷口を見て、膏薬を塗った紙をとりかえた。

その仕草に、新右衛門は小さな違和感を抱いた。なんということもない仕草だったが、なにかぎこちないのだ。

お公家さんはしばらく無言で立っていたが、やがて去った。

新右衛門は首をひねった。いま感じた違和感がなんなのか、考えてみた。

——やはりあれは職人やないな。

しばし考えて得た結論は、そういうものだった。

あのお公家さんは、少なくとも新右衛門のように、腕だけで世の中を渡っていこうとしている人種ではないということだ。職人ではないから、不手際があっても大目に見られたのだ。素人ながらよくやった、とみなが褒めただけである。

あやうく勘違いするところだった。

――やはり番匠は、隅から隅まで手を抜いてはならぬ。

そう思い直した。

だから母屋の仕事も完璧にやらねばならない。期日に間に合わせるために、明日から仕事場に泊まり込むことにしようか。

あのお公家さんも、いまはまだいいが、医家として渡っていくつもりなら、これから苦労するだろう。素人の仕事で銭がとれるほど世間は甘くはない。世の中に楽な道などないのだ。

「いやや。なに暗い顔してるの。おしず婆さんが亡くなったせい？」

おあきが不思議そうな顔をする。

「いや。まず飯をくれ」

おしず婆さんの弔いにも出られないなと思う一方で、新右衛門は早くも明日からの段取りを考えていた。

# 解説

島内景二

この『一所懸命』には、六つの短編が収められている。中でも、表題作でもある第三話「一所懸命」は、平成八年の小説現代新人賞を受賞し、岩井三四二の小説家デビューとなった記念碑的な作品である。ここには、岩井の時代小説に懸ける初心と素志が込められていよう。

「一所懸命」は、天文十三年（一五四四）に、尾張の織田弾正忠（信秀）が、弟の犬山城主・織田与二郎らと、大軍を率いて美濃に侵攻した戦いを描いている。織田信秀は、後の天下人・織田信長の父である。信秀が攻め込んだ美濃の稲葉山は、「蝮」と恐れられた斎藤利政（道三）の居城である。

戦国時代をテーマとする歴史書や時代小説の多くは、「織田信秀・信長」と「斎藤道三」の角逐と和解に視点を置く。だが、岩井三四二の「一所懸命」は、下福光郷の領主である福光右京亮という、無名の人物の行動と心理に光を当てている。

福光右京亮は、家庭にあっては生まれたばかりの長男を、妻と共に慈しむ優しい父親であるが、隠居した父にまだ実権を握られている。社会的には領民の民政に心を砕く温厚な当主だが、領民からは支配者の側だと見なされている。しかも事あれば、配下の七人を率いて出陣し、「寄親」の日根野九郎左衛門の指揮下に入らねばならない。その日根野の上には、斎藤道三がいる。まさに、上からと下からの板挟みになる「中間層」である。

昔から日本人は、中途半端な位置にいる中間層を無視し、上と下のみを重視してきた。心理学者の河合隼雄（かわいはやお）が指摘した「中抜き」の発想である。だが岩井三四二は、中途半端な立場にこそ着目する。なぜならば、作者と読者が生きている現代日本には、「中流層」と「中間管理職」が溢れているからである。

岩井の視点は、権力を見る英雄史観でも、在野を見る網野（あみの）史観（中世の芸能民などに着目する網野善彦の歴史学説）でもない。二項対立図式は、わかりやすい反面、かなり乱暴な側面もある。だから、複雑でわかりにくい人間関係の総体を、岩井は描こうとするのだ。

第四話の「渡れない川」は一転して、第三話「一所懸命」のテーマとなっていた天文十三年の戦いを、美濃に侵攻した織田の側から描く。尾張には、「織田信秀と織田与二郎」という正副のツートップがいる。織田与二郎に仕える「地侍（じざむらい）」の小木曾吉之丞（おぎそきちのじょう）が率いる六名の中に組み込まれて、侵略と掠奪（りゃくだつ）に参加した七郎という農民に、小説の視点は据えられる。中間層である小木曾ではなく、最末端の七郎を視点人物としているが、組織の全貌を明示しているので、小木曾のみじめな敗死が印象に残る。

　世の中が平和であれば、田を耕し、家庭を守っていられる。しかし、その田と家庭を守るためには、他人を殺さねば自分が殺される戦場に出なければならないのだ。

「一所懸命」と「渡れない川」は、同じ時に敵味方として戦った二つの陣営を、それぞれの立場から複眼的に描き分けていた。第五話の「一陽来復」は、「一所懸命」の後日譚である。天文十三年から十二年後に、斎藤道三が息子の義龍と戦って敗死した事件を、福光右京亮の視点で活写している。

そう言えば、第二話の「八風越え」も、天文十三年に尾張軍が美濃に侵攻して、東山道の美濃街道が不通になったことが、発端だった。本書に収められた六作のうち、第二話から第五話までの四作は、緊密な構成の糸で繋がっていたのである。

岩井三四二は、岐阜県の生まれである。それゆえ、戦乱に巻き込まれる美濃を描いた作品群が書かれたのだろう。「おそがい」(こわい)

などの方言が、会話文で自然に使われている。だが岩井の「一陽来復」は、戦国の「下剋上」の代表格とされる郷土の風雲児・斎藤道三に対して、非常に厳しい評価を下している。

《その一団は普請に働く人々とはちがい、禍々(まがまが)しい気配をただよわせていた。よく見ると先頭の近習は、素襖の下に黒糸威(おどし)の腹巻をつけている。後方の近習はあたりに絶えず目を配っていて、獲物を求める山犬のようだった。(中略)

右京亮が顔をあげると、道三と目があった。病気かと思うほど白い顔をこちらに向け、灰色がかった目がこちらを見ていた。それは死んだ魚のような目だった。》

斎藤道三は、なぜ、ここまで否定的に書かれるのか。それは、彼の存在ゆえに、そして彼の野望ゆえに、美濃の国が近隣諸国からの侵攻を招き、美濃の人々が苦しんだからである。福光右京亮は、岩井三四二に成り代わって、斎藤道三を批判し、呪っているのだ。

だが二十一世紀を生きる読者は、斎藤義龍が父の道三を殺したことが、織田信長の美濃攻めの口実となり、信長が稲葉山城（岐阜城）の新たな城主となり、「天下布武」を唱えたという歴史を知っている。「一陽来復」の次の第六話「となりのお公家さん」は、既に信長を通り越して豊臣秀吉の時代となっている。この時点で、福光右京亮とその家族たちは、無事なのだろうか。もし生きていられたとしても、新たな「上」と「下」の板挟みとなり、苦しんでいるのではないか。読者は、まるで自分が右京亮の子孫であるかのように、彼の一族の行く末が気になり始める。

読者は、何とも落ち着かず、やりきれない。その落ち着かなさは、中途半端な位置で生きることを余儀なくされた福光右京亮の抱えていた不安と、いつの間にか一体化している。彼の叔父が口にした、「わしらは上からは捨て石にされて、下からも見放されるだわ」という言葉は、右京亮本人の気持ちでもあるだろう。だが、叔父のように要領よく立ち回るか、右京亮のように一所懸命に人生と戦うかで、道は大きく分かれる。

岩井三四二は、どんな状況にあっても、したたかに生き抜いてゆく男と女を描こうとする。それが、「自分らしい生き方」を貫くことの困難な現代社会への処方箋なのである。

むろん、岩井文学の通奏低音が、楽天的な運命観であることは確かだ。中間管理職の悲哀と言っても、上には上がいるわけだから、自分を苛めている身勝手な上司にも、さらに上司がいる。斎藤道三も、斎藤義龍も、織田信秀も、織田信長も、そして豊臣秀吉ですら、天下を自由自在には動かせなかった。彼らもまた、中途半端な位置に置かれ、一生を幻滅と挫折のうちに終えたのだ。

「八風越え」では、村のヒエラルキーが、「馬持ち衆」「徒歩衆」「足子・寄子」という三層に分かれると説明される。中間層の「徒歩衆」の部屋住みである又二郎が、上層の「馬持ち衆」である刑部様を羨むのを、又二郎の夜這い相手である後家のハツが、寝物語に戒める場面がある。

《「刑部様は違う。馬に乗り、ええもん着て、京に出てはええもん食っとる。わしもああなりたい」
「刑部様かて、危ない橋を渡っとるんよ。死んだ亭主が言っとったけど、戦に出れば馬乗りはよう狙われるそうやし」》
天皇から一般庶民まで、すべての人間が中間管理職だった、混沌とした時代。それが、岩井の描く戦国時代である。この時代を生き抜くためには、大きな挫折や命懸けの試練を、何度も乗り切らなくてはならないのだ。
ところで、岩井三四二の描く人間たちは、楽天的で逞（たくま）しい一方で、精神的なストレスに弱いという特徴がある。これも、中世と現代とが一致する側面である。

第一話「魚棚小町の婿」の烏帽子屋仁右衛門は、いつも首が凝っている。彼が首をまわす音は、「こきこき」「ごきごき」「ごりごり」などと形容される。心の悩みが、肉体に表れるのだ。「八風越え」の又二郎は、胸の中で熱い「熾き火」が燃えさかっているのに苦しめられる。「一所懸命」の福光右京亮は、「ちりちり」する胃の痛みに悩む。「渡れない川」の七郎は、子どもの頃から「弱気の虫」を退治できないでいる。「となりのお公家さん」の大工の新右衛門は、期日までに建築を完成できるかで気が揉め、眠れない夜が続く。

図太い神経の持ち主であるはずの彼らですら、「病は気から」という諺を地で行っている。中でも、又二郎の「熾き火」と七郎の「弱気の虫」は、読者の共感を呼ぶ。農民が一年間、額に汗をして懸命に働いてやっと得られる大金を、手段を選ばず、わずか十日で得ようとする又二郎を、良心という熾き火が、「それで、お前はよいのか」と問い詰める。

読者は思わず、バブル期の日本人を思い出す。だから、「一人では生き難い世の中も、二人なら何とかなるのかもしれない」と、又二郎が農民の暮らしに戻る決心を固めて「熾き火」が鎮まると、読者もわがことのように安堵するのだ。

又二郎はハッピーエンドだったが、七郎は戦場から生還することが絶望的である。何とか「弱気の虫」を克服したが、それは彼の命と引き替えだった。ただし、バッドエンドではなく、七郎は自分の不幸を受け入れて、幸福な心境を獲得できた。自分の選択した人生を肯定し、納得できたからである。現代の陰惨なイジメ問題にも何かしらの解決策はあると、岩井が示唆しているように思える。

中途半端で落ち着かない立場に立たされ、悩みに悩み、苦しむだけ苦しんだ人間は、ある時、七郎のように、大胆な決断と行動に出ることがある。それは、「尻をまくる」ことや「キレる」こととは根本的に違う。

むざむざ座して餓死するよりは、他国に侵略して食料や金品を奪って来いと、妻から言われ、言い返せなかった七郎。彼は少年時代から、ずるい弥太郎にやられっぱなしだった。そんな彼らが負け戦で敗走する。生きて尾張に戻るには、舟に乗るしかない。ただし、誰か一人が舟から下りねばならない破目になる。この土壇場で、七郎の「胸に溜まっていたもの」に火がつき、憎き弥太郎を舟から引きずり下ろす。自分を苦しめた者と共倒れになる道を選んだのだ。

七郎を突き動かしたのは、運命に翻弄されるだけの弱い自分に対する怒りであり、自分と同じ立場でありながら損な役回りを自分に押しつける他者に対する怒りでもあったろう。家庭でも職場でも、あるいは学校でも、このような怒りに駆られた体験がまったくなかった読者はいないのではないか。七郎は、現代人である私たちの親しい分身である。

「一陽来復」では、温厚な福光右京亮ですら爆発している。「右京亮の中でなにかがはじけた」と、本文にある。彼は斎藤道三に、わが子を人質に取られている。その道三は、自らの野望で美濃を混乱させるだけ混乱させたあげく、子の義龍に攻められ、敗色濃厚である。それでも人質を楯にとって、自分の味方に付けと右京亮に圧力をかける。

　このような苦しい立場にならずに済めば、人生はどんなに気楽なことだろう。だが、一度は、下手をしたら何度もこんな事態に立ち至らざるを得ないのが、人生というものである。その時、人間はどうすればよいのか、岩井三四二は読者に考えさせる。人間という存在は、どこまで行っても中途半端である。けれども、生き方だけは中途半端であってはならない。

「一所懸命」。誰かのために、何かのために、命懸けで戦うこと。そのためには、守りたい人や物や理念を、見つけなければならない。本書『一所懸命』を夢中になって読み終えた読者は、きっと自分の身近な人々をいとおしみたいという気持ちになるだろう。すると、今を生きる勇気と覚悟が、ふつふつと湧いてくるに違いない。

（文芸評論家・国文学者）

本書は、株式会社講談社のご厚意により、講談社文庫『一所懸命』を底本としました。但し、頁数の都合により、上巻・下巻の二分冊といたしました。

一所懸命　下

（大活字本シリーズ）

---

2022年11月20日発行（限定部数700部）

底　本　講談社文庫『一所懸命』

定　価　（本体 2,900円＋税）

著　者　岩井三四二

発行者　並木　則康

発行所　社会福祉法人 埼玉福祉会

埼玉県新座市堀ノ内 3—7—31　〒352—0023

電話　048—481—2181

振替　00160—3—24404

印刷製本所　社会福祉法人 埼玉福祉会 印刷事業部

---



ISBN 978-4-86596-529-2

# 大活字本シリーズ発刊の趣意

現在，全国で65才以上の高齢者は1，240万人にも及び，我が国も先進諸国なみに高齢化社会になってまいりました。これらの人々は，多かれ少なかれ視力が衰えてきております。また一方，視力障害者のうちの約半数は弱視障害者で，18万人を数えますが，全盲と弱視の割合は，医学の進歩によって弱視者が増える傾向にあると言われております。

私どもの社会生活は，職業上も，文化生活上も，活字を除外しては考えられません。拡大鏡や拡大テレビなどを使用しても，眼の疲労は早く，活字が大きいことが一番望まれています。しかしながら，大きな活字で組みますと，ページ数が増大し，かつ販売部数がそれほどまとまらないので，いきおいコスト高となってしまうために，どこの出版社でも発行に踏み切れないのが実態であります。

埼玉福祉会は，老人や弱視者に少しでも読み易い大活字本を提供することを念願とし，身体障害者の働く工場を母胎として，製作し発行することに踏み切りました。

何卒，強力なご支援をいただき，図書館・盲学校・弱視学級のある学校・福祉センター・老人ホーム・病院等々に広く普及し，多くの人人に利用されることを切望してやみません。